后浪

Reasons to Stay Alive

活下去的理由

十周年纪念版

[英] 马特·海格 著
赵燕飞 译

北京联合出版公司
Beijing United Publishing Co.,Ltd.

献 给 安 德 莉 亚

序　这本书是不可能存在的

13年前我绝对想不到会有今天。

那时我都快死了，快疯了。

我怎么可能活到今天？撑过下个10分钟都困难。我绝对不相信我会健康、自信到将它以这种方式书写下来。

抑郁症的一个典型症状是看不到希望。你没有未来。隧道尽头没有光，好像两端都被堵上了，而你被困其中。如果我早一点知道我的未来要比我先前经历的一切光明得多，那隧道一端早就会被炸得粉碎，我就能看见光了。这本书的存在证明了抑郁症会撒谎。抑郁症会使你有错误的想法。

但抑郁症本身并不是一个谎言。它是我所经历过的最真实的事情。当然，它是无形的。

对其他人来说，它似乎无足挂齿。你头脑里着了火，但没人能看见火焰。因为抑郁症在很大程度上是无形的、神秘的，所以很容易滋生偏见。偏见对于抑郁症患者尤其残忍，因为偏见影响思想，而抑郁症是思想的疾病。

当你抑郁时，你会感到孤独，你觉得没有人经历着你正在经历的一切。你如此害怕露出一点点疯狂，于是你把一切痛苦闷在心里。你如此害怕人们会越来越疏远你，于是你闭上嘴，不吐露一个字。这太可惜了，谈论它是有益的。文字（口头文字或书面文字）是我们跟世界连接的纽带，谈论它、书写它可以帮助我们连接彼此，连接真实的自我。

我知道，我知道，我们是人，是重视隐私的物种。与其他动物不同，我们会穿衣服，我们做爱会在私密的地点。如果我们有了毛病，我们会觉得羞耻。但我们不必永远羞耻，把它讲出来，甚至读出来、写下来，这会让我们获得解脱。

我对此深信不疑。因为在某种意义上，正是阅读和写作使我从黑暗中获得救赎。自从我意识到抑郁症会撒谎，我就想写一本书分享我的经历，直面抑郁症和焦虑症。这本书有两个意图，一是弱化关于抑郁症的偏见，还有一个或许有点不切实际的野心——试图说服人们，当你身处深渊底部时，永远都不会有清晰的视野。我写下这本书，是因为陈词滥调最真，时间会疗愈，隧道尽头真的有光，乌云背后也总有一线曙光。文字有时候可以让你自由。

目录

1 - **序** 这本书是不可能存在的

1 - **按语** 在我们正式开始前

3 - **1 坠落**

7 - 我死去的那一天

10 - 为什么抑郁症很难被人理解

12 - 美景

16 - 跨越时间的对话（一）

17 - 药片

20 - 杀手

21 - 这类话，人们不会对其他重病患者说，只会对抑郁症患者说

22 - 无作用安慰剂

24 - 扔掉雨伞，直面风雨

29 - 生活

32 - 无限

34 - 未曾兑现的希望

36 - 龙卷风

38 - 我的症状

42 – 糟糕日子银行

43 – 抑郁症对你说的话

45 – 事实

47 – 头倚着窗

50 – 相当正常的童年

53 – 不速之客

55 – 男孩不哭

59 – **2 着陆**

63 – 樱花

65 – 未知的未知

69 – 头脑的问题就是身体的问题（一）

70 – 精神病

73 – 积木层层叠

76 – 警告信号

78 – 魔鬼

81 – 存在

83 – **3 上升**

86 – 第一次惊恐发作时你在想什么

87 – 第一万次惊恐发作时你在想什么

88 – 一个人走路的艺术

95 – 跨越时间的对话（二）

97 – 活下去的理由

100 – 爱

105 – 如何陪伴患抑郁症或焦虑症的人

107 – 一个微不足道的时刻

108 – 相对于抑郁，这些事更让我自怜

110 – 向外星人解释地球生活

112 – 留白

116 – 《权力与荣耀》

122 – 巴黎

127 – 坚强的理由

131 – 武器

132 – 跑步

134 – 头脑的问题就是身体的问题（二）

137 – 名人

143 – 亚伯拉罕·林肯和可怕的礼物

149 – 抑郁症是……

151 – 抑郁症还是……

152 – 跨越时间的对话（三）

155 – **4 活着**

159 – 世界

161	–	蘑菇云
166	–	大"焦虑"
169	–	慢下来
172	–	高峰和低谷
173	–	插入语
174	–	派对
177	–	#活下去的理由#
186	–	使我感觉更糟的事物
188	–	使我感觉更好的事物（有时候）
191	–	**5 存在**
195	–	薄脸皮礼赞
198	–	怎样比叔本华快乐一点
204	–	自助
205	–	时间随想
207	–	福门特拉岛
209	–	屏幕上的幻影
212	–	渺小
213	–	如何生活
218	–	那些让我感到享受的事物（在我以为再也无法享受时）
220	–	**延伸阅读**
223	–	**后记和致谢**
227	–	**授权许可名单**

按语　在我们正式开始前

每个人的头脑都是独一无二的，它们发生故障的方式也是独一无二的。我的头脑出岔子的方式跟其他头脑略有不同。每个人的经验可能有重合，但绝不会完全相同。我们可以使用"抑郁症"（或"焦虑症""惊恐症""强迫症"）这类统称，但要认识到，不同的人对它的体验也不会完全一样。

一千个抑郁症患者心中，有一千种抑郁症。痛苦的形式不同，程度不一，激起的反应也不一致。也就是说，如果一本书只有精确复制了我们的体验才算有用，那唯一值得阅读的书就只有我们自己写的了。

对于抑郁症、惊恐症和自杀倾向，不存在什么正确或错误，你接受它们本来的样子就好了。痛苦就像瑜伽，不是一项竞技性运动。但这些年来，我发现通过阅读同病相怜之人遭受痛苦、从痛苦中活下来及克服绝望的事迹，我感到获得了宽慰和希望。我期望这本书对你来说也是如此。

1
坠落

最终，活着比自杀需要更大的勇气。

——阿尔贝·加缪,《快乐的死》

我死去的那一天

我还记得旧我死去的那一天。

最初只是一个念头,我感觉有点不对劲,但没有意识到那是什么。一秒钟后,我的头脑里出现一种奇怪的感觉,后脑勺靠近脖子的地方,也就是小脑的部位,出现了某种生理活动。强烈的脉动、颤抖,好像有一只蝴蝶被困在里面,还带有刺痛感。当时我不了解抑郁症和焦虑症会导致这些奇怪的生理反应,我只以为我快死了。我的心脏不行了,我不行了,我急速下沉,坠入一个让人窒息的幽闭空间。等我再过上一点能称得上"半正常"的生活,已经是一年多以后了。

那天之前,我对抑郁症一无所知,我只知道妈妈在我出生后有过短暂的抑郁症,我的曾祖母是自杀死的。这应该算有家族史吧,但我以前没太当回事。

那年我二十四岁,住在西班牙伊比萨岛安静、美丽的一角。在九月的短短两周中,我就不得不返回伦敦,返回现实世界,与六年的学生生涯和暑期工作告别。我已经拖延了太久，不愿真正步入成年，这个问题像乌云一样一直悬在我头顶，现在它终于化为暴雨，浇在我身上。

头脑最怪异的地方是，即使里面惊涛骇浪，外表也可以风平浪静，除你之外其他人根本看不出来。你的瞳孔可能放大，说话可能前言不搭后语，皮肤可能在流汗，但全世界都对你的痛苦视而不见。正如那栋别墅里没有人知道我的感觉，不知道我身处地狱，也不理解为什么死亡对我那么有吸引力。

我躺在床上三天三夜。但是没有睡觉。女友安德莉亚定时送些水或水果给我，我却吃不下。

窗户开着，好让新鲜空气进来，但房间里依旧很闷热。我记得我很惊讶自己还活着。我知道这听起来很夸张，但抑郁症和惊恐症只会让你有很夸张的想法。总之，我没有感到解脱，我想死。不，这么说不太准确，我不想死，我只是不想活着。我惧怕死亡，死亡只发生在曾经活过的人身上，还有无数人从来没有活过，我想成为那些人中的一员。就是那个古老、经典的愿望——但愿我从未出生。我想成为三亿个没有抵达的精子之一。

（正常是多么幸福的恩赐啊！我们都走在一条看不见的钢索上，任何一秒钟都可能失足滑向深渊，直面头脑中苏醒了的那个人对于存在的恐惧。）

房间里没有什么陈设。一张床，一条白色无图案的羽绒被，还有白色的墙。墙上也许有一张画，我记不清了。床头有一本书，有一次我拿起了它，又放下了，我一秒钟都无法专注。我不能用文字充分表达我的感觉，因为它超越了文字。我说不出话，与这痛苦相比，文字相形见绌。

我担心我的妹妹菲比。她在澳大利亚。我担心这个和我基因最相近的人，也会有相似的感觉。我想和她谈一谈，但我知道我做不到。小时候，在诺丁汉郡的家里，我们发明了一种入睡前的交流系统——敲击我们俩卧室之间的墙壁。此刻我敲击着床垫，想象着她在地球另一端听见我的声音。

咚，咚，咚。

我的头脑里没有"抑郁症"或"惊恐症"这些概念。天真可笑的我以为，我体验的感觉别人从未体验过。因为这种感觉对我来说太陌生了，我以为别人一定没经历过。

"安德莉亚，我害怕。"

"没事的，会好的，一切都会好的。"

"我这是怎么了？"

"我不知道，但一切都会好的。"

"我不明白怎么会这样。"

第三天，我离开房间，离开别墅。我要去外面自杀。

为什么抑郁症很难被人理解

它是隐形的。

它不是"感到有点难过"。

"抑郁症"这个名称不准确,它让我想到瘪了的车胎,被刺穿了,不能动了。或许去掉焦虑的抑郁症是这种感觉,但交织着恐惧的抑郁症根本不是这样。[诗人梅丽莎·布罗德(Melissa Broder)有一次发推特:是哪个傻子叫它"抑郁症"?怎么不叫"我的胸腔挤满了蝙蝠,而且我看见一个鬼影"?]病情最糟糕的时候,你会发现自己绝望地想:我宁愿得任何别的病,宁愿受任何身体上的病痛。因为头脑是无限的,它的折磨也是无边无际的。

你可以在患抑郁症的同时快乐着。就像你可以是一个清醒的酗酒者。

它并不总是有一个明显的病因。

它能"感染"百万富翁,发丝柔顺的人,婚姻幸福人士,刚被升职的人,会跳踢踏舞、玩扑克牌魔术、弹吉他的人，毛孔紧致的人，状态更新里散发着快乐的人——总之外表看起来毫无理由抑郁的人。

它是神秘的，甚至饱受抑郁折磨的人也无法多了解它一分。

美景

阳光炙热地烤着。空气中是松树和海的味道。大海就在那里,就在悬崖下边。悬崖边缘离我不远,没有多少步,我想不超过二十步。我唯一的计划,是朝那个方向走二十一步。

"我想死。"

我脚边有一只蜥蜴。一只活蜥蜴。我突然感觉到它在评判我。蜥蜴这种东西很奇妙,它轻易不死。它是幸存者。你切掉它的尾巴,它就长回一条尾巴。它不会因为这件事闷闷不乐、变忧郁。无论环境多残酷、多不友好,它都能继续生活。我想,非常非常想,成为一只蜥蜴。

在我身后是一栋别墅,那是我住过的最好的地方。在我面前,是我见过的最绝美的风景。波光粼粼的地中海,像极了一张绿松石色的桌布,上面缀着星星点点的钻石。大海被一圈几近白色的海滩和雄壮的石灰岩悬崖镶了边。此情此景,几乎满足了所有人对美的定义。然而这星球上最美的风景，却无法阻止我想自杀的念头。

一年多前，念文学硕士期间，我读了很多米歇尔·福柯（Michel Foucault）的作品，基本上读完了《疯癫与文明》（Folie et Déraison）。他认为疯癫应当被允许存在，一个恐惧、压抑的社会把任何与众不同的人宣判为有病。但我现在的状况是真的病了，不是拥有癫狂的念头，不是有点古怪。不是读点博尔赫斯、听点牛心上尉①、抽根烟斗或幻想出巨型的巧克力棒的事儿。这是痛。我以前都还好，现在突然不好了。我真的不好。我病了。至于是社会还是科学的错，并不重要。我就是不能，做不到，忍受这种感觉多一秒钟。我必须结束自己。

我都计划好了。女友在别墅里，毫无察觉，以为我只是出门透透风。

我开始走，数着走了几步，但我数着数着就忘了，脑子一片空白。

"不要临阵退缩。"我告诉自己。或者我以为我告诉自己。

我终于走到悬崖边缘。再走一步，这种感觉就可以从此停止。这个选择简单得可笑，向前一步，抑或是活着的痛苦。

---

① 牛心上尉（Captain Beefheart），美国著名摇滚音乐人。——编者注（本书中注释如无特别说明，均为编者注）

听我说。如果你以为一个抑郁的人想要的是快乐，你错了。他们根本不关心什么快乐，那太奢侈。他们只想脱离痛苦。他们想从着火的脑袋里逃出来，因为在那里，各种想法燃烧着、烟熏着，像各种旧物被纵了火。他们只想正常。如果正常是不可能的，那就清空自己。而我清空自己的唯一方式是停止活着。一减一等于零。

但实际上，走出那最后一步并不容易。抑郁这事很离奇，即使你有很多自杀的念头，对死亡的恐惧却与常人无异。唯一的区别是活着的痛苦大大增加了。所以当你听说某个人自杀了，你要了解，死对他来说并不是不可怕了。死不是一种道德意义上的"选择"。追究其道德意义，就是误解。

我站了许久。召唤死的勇气，又召唤活的勇气。生存，还是毁灭。此刻此地，死亡是这么近。多一盎司的恐惧，天平就会向那一边倾斜。也许在另一个宇宙里，我走出了那一步。但在这里我没有。

我有妈妈、爸爸、妹妹和女友。那是四个爱我的人。这个时刻，我疯狂地想，要是没有他们就好了。一个也没有，就我自己。爱把我困在了这里。他们根本不知道我的感觉，我的脑袋里是什么样。如果他们能钻进我脑袋里待十分钟，他们就会说："好吧，行，真的，你应该跳下去。上帝啊，你不应该承受这么多痛苦啊。跳吧，闭上眼，跳就是了。如果你身上着了火，我可以拿条毯子给你扑火。但你着的火是看不见的。我们无能为力。所以跳下去吧。或者给我把枪，我帮你解决。安乐死。"

我着的火是肉眼看不见的。抑郁者的痛苦是别人看不见的。

老实说，我也害怕。万一我没死呢？万一我只是瘫痪了，然后不能动弹，永远被困在那个状态呢？

我想生命总是在给我们不死的理由，只要我们竖起耳朵用力听。这些理由可能来自过去——养育我们的父母，或者朋友、爱人；也可能来自未来——我们将切断的种种可能性。

于是，我没有死。我转身面向别墅，呕吐了一地。

跨越时间的对话(一)

那时的我:我想死。

现在的我:好吧,你不会死的。

那时的我:生活太糟糕了。

现在的我:不,美妙极了。相信我。

那时的我:我无法应对这些痛苦。

现在的我:我知道。但你会学着应对的。这样做是值得的。

那时的我:为什么?未来的一切都完美吗?

现在的我:不,当然不是。生活永远不会是完美的。我仍然会偶尔抑郁,但已经好多了。痛苦再也不会像那时一样严重。我找到了自己。我很快乐。现在,我是快乐的。暴风雨会停止的。相信我。

那时的我:我不相信你。

现在的我:为什么?

那时的我:你来自未来,而我没有未来。

现在的我:我刚刚已经告诉你了……

药片

我一连几天没怎么吃饭。我没留意到饥饿,因为身体和头脑里充斥着疯狂芜杂的东西。安德莉亚说我需要吃饭。她跑到冰箱处取出一盒唐西蒙西班牙冷菜汤(在西班牙,这东西的包装像果汁一样)。

"喝点这个。"她说着拧开盖子,把盒子递给我。

我吸了一口。冷菜汤入口的瞬间,我才意识到我有多饿,于是我又咽下更多。我大概喝了有半盒,然后跑到外面又吐了。说实话,因喝唐西蒙西班牙冷菜汤而呕吐也许不能被看作生病的确切标志,但安德莉亚不愿冒险。

"哦,上帝,"她说,"我们现在就走。"

"去哪儿?"我说。

"医疗中心。"

"他们会让我吃药,"我说,"我不能吃药。"

"马特,你需要吃药。你现在的状况已经不允许你不吃药了。我们现在就去,好吧?"

这里我加了个问号，不过我并不真的确定那是个问句。我记不清我是怎么回答的，但我清楚地记得我们去了医疗中心，而且我拿到了药。

医生检查我的手。我的双手发抖。

"惊恐发作持续了多长时间？"

"到现在为止几乎没停过。我的心脏还是跳得特别快。我感觉怪怪的。"怪怪的，远不能形容我的感受。但我没有再补充。因为说话非常费力。

"是肾上腺素的作用而已。你的呼吸怎么样？有没有呼吸急促？"

"没有。就是心脏跳得快。我的呼吸感觉……怪怪的……但一切都感觉怪怪的。"

他用手检查我的心脏。两根手指按压我的胸口。这时他不笑了。

"你吸毒吗？"

"不！"

"吸过毒吗？"

"以前确实吸过。但这周没有。不过喝了很多酒。"

"好吧，好吧，好吧，"他说，"你需要吃安定。最大剂量。我能给你开的最大剂量。"在西班牙，安定是非处方药，就像对乙酰氨基酚和布洛芬一样，所以他的话让我有点惊讶，"这个能治好你，我保证。"

我躺在那里，想象着药片起作用了。有一阵子，惊恐平息为焦虑。但这种片刻的放松感过去之后，更大的惊恐却像洪水一样袭来。我感觉一切都在离我而去。就像电影《大白鲨》(*Jaws*)里，布罗迪坐在沙滩上，认为他看见了鲨鱼。我躺在沙发上，感觉我被什么东西拖走了，滑向离现实更遥远的地方。

杀手

今天,在包括英国和美国在内的很多地区,自杀已成为生命的头号杀手,占死亡人数的1%。世界卫生组织统计的数据显示,因自杀死亡的人数超过因胃癌、肝硬化、结肠癌、乳腺癌和阿尔茨海默病死亡的人数。自杀者通常是抑郁症患者,可以说抑郁症已成为地球上最致命的疾病之一。抑郁症杀死的人超过其他暴力形式(如战争、恐怖主义、家庭暴力、人身攻击和持枪袭击)致死人数的总和。

抑郁症是一种恶疾,它用一种与其他疾病都不一样的方式促使人自杀。但人们依然不认为抑郁症真的有那么严重。如果他们这样认为了,就不会说那些话了。

这类话，人们不会对其他重病患者说，只会对抑郁症患者说

"好了，我知道你得了肺结核，但幸好不是更严重的病啊，至少不会死人啊。"

"你觉得你为什么得了胃癌啊？"

"是的，我知道，得了结肠癌很痛苦，但你试试跟一个得了结肠癌的人生活在一起，嘘，简直是噩梦。"

"哦，你说你得了阿尔茨海默病？快跟我说说，我也一直有这个病。"

"哦，脑膜炎啊。加油，心态至上。"

"是，是，你的腿着火了，但一直抱怨它也没什么用啊，对吧？"

"好的，行了，你的降落伞也许真的出问题了，不过别泄气啊。"

无作用安慰剂

药物之所以对我不起作用,我想有一部分责任在我自己。

在《坏科学》(*Bad Science*)里,本·高达可(Ben Goldacre)指出:"你是一个安慰剂反应者。你的身体哄骗你的大脑,你是不可信的。"事实确实如此,而且倒过来也成立,大脑也哄骗身体。情况最糟的日子里,抑郁症和惊恐症形影不离,24小时伴随我,我恐惧一切,甚至害怕自己的影子。如果我注视某个物体太久(鞋子、坐垫、云),我会发现其中藏着恶意,某种邪恶势力,如果是在过去更迷信的时代,我会以为我看见了魔鬼。而我最惧怕的是药物或任何可以改变我大脑状态的东西(酒精、失眠、突然的消息,甚至一条短信)。

后来,焦虑症发作得不那么严重时,我通常喜欢把自己灌得酩酊大醉。那种软软、暖暖的醉意很舒服,即便第二天一定有宿醉反应。开完重要会议,我会独自去酒吧,喝一下午酒，几乎错过最后一班回家的列车。然而1999年，我离这种相对正常的精神障碍已经很远了。

很奇怪的是，在我最需要缓解痛苦的日子里，我并不愿意主动干涉我的大脑。不是因为我不想好转，而是因为我不相信会好转，甚至感觉有可能变得更糟。我害怕变得更糟。

药物对我不起作用，我想是由于反安慰剂效应。吃下一片安定，我会立刻惊恐发作，在我感觉到药效的一刻，我的惊恐就急剧增加，即使是好的药效。

几个月后，当我开始服用圣约翰草时，类似的情况发生了，甚至服用布洛芬也是如此。所以安定不应该对此负全责，它远远不是最猛的药物。不过也有一些人声称服用安定后有类似感觉，或许它也应该承担部分责任。

扔掉雨伞，直面风雨

药物是一个极具吸引力的概念，对于抑郁症患者、制药公司甚至全社会都是如此。它强调了一种"一切问题都可以通过消费来解决"的理念（被无数电视广告强行灌输给我们）；它鼓励了一种"别废话，喝药就好"的态度；它制造了一种"自我"和"他者"之间的鸿沟，在那里每个人都可以自由地表现非理性。用米歇尔·福柯的话说，这个社会正在阉割我们，要求我们正常，即使它是令我们变疯的原因。

但我依旧很害怕抗抑郁药物和抗焦虑药物。再说它们的名字——氟西汀、文拉法辛、普萘洛尔、佐匹克隆——听上去就像科幻片里的坏人。

在我吃过的药里，唯一能让我感觉好一点的药是安眠药。我只吃过一包，是在西班牙买的，那里的药剂师穿着令人放心的白大褂，说话像医生。那个药叫多米迪那。它没有帮助我的睡眠，但我醒着的时候不那么恐慌了。我知道这种药是很容易上瘾的，不吃药的恐惧很快就会压倒吃药的恐惧。

安眠药使我勉强回到英国。我还记得我们在西班牙的最后一天。我坐在桌前，一言不发。安德莉亚向我们的雇主和房东（别墅是他们的，但他们很少在家）安迪和道恩解释我们要回国了。

安迪和道恩都是很不错的人。我喜欢他们。他们比我和安德莉亚年长几岁，但都是很好相处的人。他们经营着伊比萨规模最大的派对——"解放事业"。几年前开始创办时，它就像曼彻斯特同性恋村的小派对一样，后来却发展为曼哈顿工程区"54俱乐部[①]"那样的规模。1999年，它已经成为俱乐部文化的中心，吸引着凯特·摩丝、雅德·贾格尔、欧文·韦尔什、让-保罗·高缇耶、快乐星期一乐队、"流线胖小子"诺曼·库克等成千上万的欧洲派对达人。那里曾是我的天堂，但现在那里的音乐和人群已成为我的噩梦。

但是安迪和道恩不想让安德莉亚走。

"你们为什么不待在这里？马特会好的，他看起来没事啊。"

"他不好，"安德莉亚回答，"他病了。"

按照伊比萨的标准，我不是一个瘾君子，顶多算一个"酒君子"。布考斯基[②]的崇拜者和他永远的学生，每天坐

[①] Studio 54，是20世纪70年代美国纽约的传奇俱乐部，也是美国俱乐部文化、夜生活文化等的经典代表。
[②] 查尔斯·布考斯基（Charles Bukowski，1920—1994），20世纪美国最有影响力的诗人、小说家之一。《时代周刊》评论他是美国底层社会的桂冠诗人。

在太阳底下卖票、喝酒、读机场小说（我认识了一个魔术师，名叫卡尔，他用约翰·格里森姆①的小说换我的玛格丽特·阿特伍德②和尼采）。真希望我一辈子都没喝过比咖啡更烈的东西，真希望上个月我没喝那么多瓶维纳索尔干白、伏特加和柠檬汁，我应该好好吃早饭，好好睡觉。

"他不像生病的样子。"道恩脸上闪烁着亮粉，大概是前一夜派对的残留。那亮粉让我心烦。

"很抱歉。"我虚弱地说。真希望我得的病看起来更明显一些。

罪恶感像锤子般砸在我身上。

我又吃了一片安眠药，还吃了下午要服用的安定。然后我们赶赴机场。派对生活结束了。

吃了安定和安眠药，我不会有任何"病好了点"的感觉，还是一样难受。药物能做的，只是制造出一点距离。安眠药迫使我的大脑稍微慢下来，但我知道这根本没用。就像多年后，我又开始喝酒了，常常借酒缓解低度焦虑，但我知道第二天焦虑还会在那里等着我，外加宿醉反应。

我不愿站出来反对一切药物，因为我知道有些药物对有

---

① 约翰·格里森姆（John Grisham，1955— ），美国知名畅销小说作家，他的一系列富含法庭、法律内容的畅销犯罪小说为他赢得了巨大的声誉和财富。
② 玛格丽特·阿特伍德（Margaret Atwood，1939— ），加拿大著名小说家、诗人、文学评论家。2000年以小说《盲刺客》获得布克奖。

些人是有疗效的。有时候，它们可以麻痹痛苦，使真正的疗愈工作得以开始。有时候，它们是长期治疗方案的一部分。许多人离不开药物。但对我来说，自从安定让我惊恐发作，我就一直害怕吃药，从没吃过任何抗抑郁的药（治疗焦虑症、惊恐发作的药还吃）。

我很高兴我的自我修复没有依赖药物的帮助。在没有"麻醉剂"的情况下，我不得不实实在在地经历那些痛苦，这意味着我充分熟悉我的痛苦，对脑海中的任何细微起伏都十分警觉。不过我也会想，要是我没那么害怕吃药，痛苦就会减轻了。那种冷酷无情的、持续的痛苦，一想到它就让我呼吸不畅，心脏悸动。我记得坐在汽车后座，巨大的恐惧快要将我吞噬，我想站起来，头触到车顶，我想爬出自己的身体，想挣脱我的皮肤，我的脑海中天旋地转。要是一片药能让我免除那种恐惧就好了，我会吃的。如果有什么东西能减轻我精神上的极度痛苦（没错就是这个词），也许我会更容易痊愈。但不吃药让我变得与自己非常合拍，我明确地知道哪些能帮助我（锻炼、阳光、睡觉、情感激烈的交谈等），不吃药带给我的警觉最终帮助我重获新生。如果我吃了药，那种药物带来的麻木感和不真实感也许会让我康复起来更加艰难。

《深渊》（*The Depth*）一书的作者，进化心理学家乔纳森·罗滕伯格（Jonathan Rottenberg）教授在2014年写的一段话，出乎意料地令人安慰：

怎样更好地应对抑郁症？没有神奇药丸。治疗慢性痛症让我们明白，其实我们很难推翻那些身体和头脑的固有反应，相反，我们必须跟随情绪的线索，关注低落情绪产生的根源——过度工作、过少睡眠的生活习惯。我们需要更丰富的描述情绪的语汇，并有意识地寻找中断低落情绪的工具，制止它转变为更长期、更严重的情绪低落状态。这些工具包括改变我们的思维方式，改变我们的周遭事件、情感关系、身体状况（通过锻炼、冥想或饮食）。

生活

吞下第一片安定之前七个月,我来到伦敦市中心的一家职业中介机构。

"你想做什么工作?"中介代理问我。她的脸长而严肃,像复活节岛上的石像。

"我不知道。"

"你认为你适合做销售人员吗?"

"或许吧。"我撒谎。我有点宿醉未醒。(我们的住处挨着一个酒吧,三品脱淡啤酒和一两杯黑俄是我每晚的惯例。)我压根不知道我想做什么工作,但我相当确定其中没有销售人员。

"讲实话,你的简历有点混乱。不过现在是四月,不是毕业季。我们应该能给你找到一份工作。"

她是对的。在一系列灾难性的面试之后,我在克罗伊登市的《媒体报》找到一份卖广告版面的工作。我的主管伊恩是个澳大利亚人,他向我解释销售的基本原理。

"你听说过'爱达'①吗?"他问我。

"是那个歌剧吗?"

"什么?不是,是爱达模式,AIDA,A是注意力,I是兴趣,D是欲望,A是行动。电话销售的四部曲。你先抓住他们的注意力,然后激起他们的兴趣、欲望,最后他们就想付诸行动了。"

"好的。"

他突然对我说:"我的阴茎特别大。"

"什么?"

"看见了吗?我吸引了你的注意力。"

"哦,那我应该谈论我的阴茎吗?"

"不是,这只是个例子。"

"明白了。"我呆滞地望着窗外克罗伊登的灰白天空。

其实我和伊恩相处得不算好。没错,他邀我加入"男孩们的午餐",喝杯啤酒,打打台球。但其间他们一直说下流笑话,聊足球,辱骂各自的女友,我对这些深恶痛绝。13岁以来,我第一次感觉自己这样格格不入。我和安德莉亚的计划是,把生计安排妥当,这样夏天我们就不需要再去伊比萨了。但某天午休时间,我感觉全身漫过一阵强烈的阴郁,好像乌云浮在我的灵魂上空。我再也无法忍受给不想听我电

---

① 指爱达模式,西方推销学中一个重要的公式,原文为 AIDA,此处作者将其误解成了同名歌剧 Aida。

话的人打电话了。所以我离职了,就那么走出来了。我是个失败者,半途而废的人。我一事无成,未来毫无希望。我正滑下深渊,即将不幸变为抑郁症的猎物。但我并未意识到这一点,或者我并不在意。我只想着逃离。

无限

事实上，人的身体要比看上去大得多。科学技术的进步表明，人的身体本身就是一个宇宙。我们每个人都是由大约一百万亿个细胞组成的。每个细胞又是由大约一百万亿个原子组成的。零部件数目简直太浩瀚了。单单是我们的大脑就有大约一千亿个脑细胞，误差大概几十亿。

但大多数时间，我们感觉不到自己身体近乎无限的本质。我们用简化的方式认识自己，把身体分为宏观的大块——胳膊、腿、脚、手、躯干、头、肉体、骨骼。

大脑亦然，为了适应生存，大脑也简化了自身，一次只专注于一个事物。然而抑郁症是思想与情感的量子物理学版本。它揭示出正常情况下被隐藏的现实。它瓦解了你，瓦解了你所熟知的一切。原来我们不仅仅源自宇宙，或卡尔·萨根[1]所说的"星尘"，我们本身就像宇宙一般浩瀚、复杂。进

---

[1] 卡尔·萨根（Carl Sagan，1934—1996），美国著名天文学家，他有句名言："我们都是由星尘组成的。"

化心理学家们或许是对的，人类进化得太超前了，作为第一个能够全然觉知宇宙之浩瀚的物种，人类也有了能够感知如宇宙般浩瀚的黑暗与痛苦的能力，或许这就是人类智慧的代价。

未曾兑现的希望

我的父母在机场接我们。他们站在那里,看起来疲惫、开心、担忧集于一身。我们拥抱,开车回家。

我好些了。我好些了。我把魔鬼留在了地中海,现在我好多了。我还在吃安眠药和安定,但其实我不需要吃它们,我只需要家,需要爸爸妈妈。是的,我好些了。我还有点儿神经紧张,但我好多了。我好多了。

"我们很担心你。"妈妈说,紧接着又用另外 87 种稍有不同的表达方式重复着她的担心。

妈妈回过头,微笑地看着坐在后座的我。她的笑容带一点苦相,眼角挂着泪,无神采。我感觉到了来自妈妈的负担,作为一个出了毛病的儿子的负担,被爱的负担,作为失望的负担,作为一个未曾妥善兑现的希望的负担。

但是——

我好些了,有点神经紧张,但这情有可原。我好些了,真的。我还可能成为希望。说不定我会活到 97 岁。没准我会是个律师、脑外科医生、登山运动员、戏剧导演。我还年轻，还有时间，还有时间。

窗外夜幕已降临。纽瓦克24号大街。纽瓦克是我出生的地方，现在我又回到这里，一个4万人的港口城市，一个我曾经只想逃离的地方。但现在我又回到这里。没关系，回来也好。我忆起我的童年，快乐的、不快乐的校园时光，还有旷日持久的自尊心挣扎。24。我24岁了。纽瓦克24号，这个路标就像来自命运的宣判，冥冥中昭示着这一切终将发生，唯一缺的就是我的名字了。

我记得，我们四个人在餐桌上吃了饭，我没说太多话，但说的话足以证明我挺好的，没发疯，没抑郁。我挺好的。我没疯。我没抑郁。

我记得那天我们吃的是鱼肉馅饼，应该是我父母特意为我做的疗愈食物，我吃得很舒服。我坐在餐桌前吃着鱼肉馅饼。时间是晚上十点半。我走到楼下的卫生间，拉了一下灯绳，灯亮了。楼下的卫生间是深粉色的。小便完，我冲了马桶，注意到脑海中正在发生改变，阴云再度压下来，我的心理世界光影变幻。

我好些了。我好些了。不论我在心里强调多少遍，只要一个怀疑就能颠覆一切。只要有一滴墨水掉进一杯清水，就会污染整杯水，所以一旦我意识到自己还没完全康复，就会觉得自己还是病得非常严重。

龙卷风

怀疑像燕子，它们一个跟随一个，成群飞行。我盯着镜子里的自己，盯着自己的脸直到感觉那不是我的脸。我回到餐桌前坐下，没有向任何人透露我的感觉。照实讲出来只会让状况变得更糟糕，假装正常才会让我感觉舒服一点。我选择假装正常。

"哦，时间不早了，"妈妈急切地说，"我明天还得早起去学校。"（她是一所幼儿园的校长。）

"你去睡吧。"我说。

"是啊，你上楼睡吧，玛丽，"安德莉亚说，"我们自己铺床就行了。"

"他卧室有一张单人床，地板上还有一个床垫，愿意的话，你们今天晚上可以睡我们的大床。"爸爸说。

"没关系，"我说，"这样就可以的。"

上楼前，爸爸紧紧抓了一下我的肩膀，"你回来就好。"

"嗯，回家挺好。"

我不想哭。因为其一，我不想让他看见我哭；其二，如果哭了我会感觉更糟。所以我没哭。我睡觉了。

第二天我睡醒，果然，抑郁和焦虑两个都在。人们把抑郁症描述为一种重量，的确如此。它既可以是一种真实的物理重量，又可以是一种比喻意义上的情感重量。但我不认为重量这个词能最贴切地描述我的感觉。当我躺在那里，躺在地板床垫上，我感觉自己被困在龙卷风里。（我坚持让安德莉亚睡在床上，不是出于骑士精神，而是为了不让自己表现得像个病人。）从外表看，在接下来的几个月里我可能要比正常人更迟钝、没精打采一点，但我的大脑却一直在不屈不挠地、以令人难以忍受的速度运转着。

我的症状

我的感觉还包括:

感觉镜子里的我似乎是另一个人。

胳膊、双手、胸部、咽喉和头后部的刺痛感。

无法考虑未来。(对我来说是没有未来的。)

害怕变疯,害怕被送到精神病院,穿上约束服,关进软壁病房。

臆想症。

分离焦虑。

旷野恐惧症。

持续的重度恐惧。

精神上筋疲力尽。

身体上筋疲力尽。

感觉自己一无是处。

胸口紧,偶尔疼痛。

即使站着不动,也感觉在坠落。

四肢疼痛。

偶尔失语。

迷茫。

汗津津的。

无限的悲伤。

增长的性幻想。(用性幻想来平衡对死亡的恐惧。)

想远离人群,希望自己身处另一个时空。

渴望成为其他人,任何人都可以。

食欲下降(6个月内我的体重减了约13千克)。

内在的颤抖(我叫它灵魂颤抖)。

感觉我马上会惊恐发作。

感觉我呼吸的空气太稀薄。

失眠。

不断搜索"我要死了"或"我要疯了"的警告信号。

找到如上警告信号,并深信不疑。

有快步走路的欲望。

奇怪的似曾相识感,还会觉得某件事像是回忆但还未发生,至少在我身上还未发生。

在我的视野边缘看见黑暗。

想要关闭噩梦般的图像,有时我合上眼就能看到。

渴望跳脱出自己。一周,一天,一小时,上帝啊,一秒钟也行。

这种种体验太过异样，甚至让我以为我是从古至今唯一有过这些体验的人（当时还是前维基百科时代）。事实上，在任何一个时刻，都有数以百万计的人正在经历这些痛苦。我常会不由自主地将我的大脑想象成一个庞大、漆黑的机器，像从蒸汽朋克漫画里走出来的，满身是各种管子、踏板、控制杆和液压系统，冒着火星和蒸汽，发出震耳欲聋的声响。

在抑郁症里加入焦虑症，有点像在酒里加入可卡因。它给你的全部感觉按了快进键。如果你只是单纯的抑郁症，你会感觉大脑像陷入沼泽，失去动力，迟缓不动。但如果加入了焦虑症，你身陷的沼泽中还会出现漩涡。泥水中的怪物像变异的鳄鱼一样以最快速度不停游动。你一刻都不能放松，每一秒都处在崩溃的边缘，你绝望地试图浮出水面、呼吸空气——那些对你来说如此奢侈，对岸上的人来说却唾手可得的空气。

只要你清醒着，就没有一秒钟可以跳出这种恐惧。这一点都不夸张。你渴求有一秒，哪怕有一秒可以不处于恐惧之中，但那一秒从未到来。这种病不是某个身体部位的病，若是那样，你可以跳出去，不去想它。如果你背疼，你可以说"我的背痛让我难受死了"。在这种情况下，疼痛和自我是可以分离开的，疼痛是某个他者，它袭击、烦扰，甚至吞噬着自我，但它不是自我本身。

而对抑郁症和焦虑症来说，疼痛不再是某个你可以去

"想"的东西，因为它就是你的想法本身。你的背只是你的一部分，而你的想法是你的全部。

如果你的背疼，一坐下来就会更疼。同样，如果你的脑袋"疼"，一思考也会更"疼"，而且这种疼痛不像背痛那样，站立起来就能得到缓解，往往这种感觉本身就是个假象。

糟糕日子银行

当你极度抑郁或者焦虑时（走不出家门，下不了沙发，满脑子都被抑郁占据），那种痛苦是难以忍受的。糟糕的日子是分级别的，并不是同等程度的糟糕。那些极其糟糕的日子，虽然很恐怖、很难熬过去，但日后却可以派上用场。你把它们存起来，建立一个糟糕日子银行。那个你不得不从超市逃跑的日子，那个你抑郁到动不了舌头的日子，那个你让父母流泪的日子，那个你差点跳崖自尽的日子。等到你遇到下一个糟糕的日子，你就可以说，好吧，今天是够糟糕的，但之前还有过比这更糟的日子啊。即使今天就是你经历过最糟的日子，至少你知道银行还在那里，你至少存了一笔。

抑郁症对你说的话

嗨,不中用的人!

对,就是你!

你在干什么?为什么要试图起床?

为什么要试图找份工作?你以为你是谁?马克·扎克伯格?

给我待在床上吧。

你将会发疯,就像凡·高那样。你可能会割掉自己的耳朵。

你哭什么?

是想弄脏你的衣服吗?

嘿,还记得你的狗默多克吗?它死了,就像你的爷爷奶奶那样。

一百年后的今天,你见过的每一个人都会死。

是的,你认识的每一个人都只是一坨正在缓慢衰老的细胞。

你看外面走着的人,看看他们,就在那儿,窗户外面。你为什么不能像他们一样?

那儿有个坐垫。我们就待在这里看着它,沉思坐垫的无限悲伤。

附:我看过明天了,明天更糟。

事实

当你被困在一个让人感觉如此不真实的病症里时,你会寻找任何能给你一点方位感的东西。我对知识如饥似渴。对事实如饥似渴,我疯狂地搜寻它们,就像在大海中寻找救生圈一样,但数据是微妙狡诈的。

发生在头脑里的事情常常被隐藏。当我第一次发病时,我花了很大精力让自己看上去正常。一般来说,如果你不告诉别人你很痛苦,别人是不会知道的。而抑郁症患者通常不愿意倾诉,尤其是男性(后文会详述)。从过去到现在,关于抑郁症的事实一直在改变,可以说全部的概念和术语都发生了变化。抑郁症过去不叫抑郁症,叫作精神忧郁症。过去患这个病的人比现在要少得多。但是果真如此吗?还是如今人们更坦诚了?

不管怎样,这里列出了一些目前我们知道的事实。自杀是35岁以下男性的头号死因。

世界各地的自杀率千差万别。例如,如果你生活在格陵兰岛，你自杀的可能性就是希腊人的28倍。

每年有100万人自杀成功。1000万~2000万人自杀未遂。全球范围内，男性自杀率是女性的4倍多。

抑郁症事实

每5人中有1人会遭遇抑郁症。（当然遭遇心理疾病的人比这个比例更高。）

全球范围内，抗抑郁药物的销量持续上涨。冰岛销量最高，然后依次是澳大利亚、加拿大、丹麦、瑞典、葡萄牙和英国。

遭遇过严重抑郁症的女性是男性的2倍。

在英国，焦虑抑郁症最为普遍，然后依次是焦虑症、创伤后应激障碍、"纯"抑郁症、恐惧症、进食障碍、强迫症和惊恐障碍。

女性比男性更愿意寻求并接受心理健康问题的治疗。

如果父母一方被诊断出抑郁症，子女患抑郁症的概率约为40%。

资料来源：世界卫生组织，《卫报》，心灵慈善机构，黑狗协会

头倚着窗

我独自一个人待在父母的卧室。安德莉亚应该在楼下吧。反正她不在我身边。我站在窗前,头倚着玻璃。此时焦虑隐去,只有抑郁症单独存在。那是十月,最伤感的季节。父母家外面的街道是人们入城的常用路径,人行道上有三三两两的行人,其中有的我认识或见过,是童年的熟人。我的童年在 6 年前正式宣告结束,尽管它可能根本没有结束。

在你最低潮的时候,你会错误地想象,世界上再也不会有第二个人体验过如此糟糕的感觉。我祈祷自己变成那些行人中的一员,任何一个都行——88 岁的,8 岁的,那个女人,那个男人,哪怕是变成他们的狗都行。我渴望用他们的意识过活。我再也无法忍受这残酷的、一刻不停的自我折磨,那感觉就像我眼见着周围到处都是冰块,却只能将自己的手放在滚烫的炉子上。这种永远找不到精神安宁的感觉令我筋疲力尽。这种每个积极的念头都胎死腹中的感觉令我痛不欲生。

我哭了。

我从来不是那种害怕流泪的男人。拜托,我可是治疗乐队①的粉丝,在有"情绪摇滚"这个说法之前,我就已经相当情绪化了。然而奇怪的是,虽然抑郁症让我的情绪变得非常糟糕,但并没有让我经常哭泣。我想那是因为我感受到的东西有一种超现实的特质。因为那种距离感。眼泪是一种语言,而我感觉所有语言都离我很遥远。眼泪没我的份。眼泪是在炼狱里流的,等你已经到了地狱,流泪就太迟了,眼泪在流出之前就被烧干了。

而此刻,它们来了,但仍然不是那种一般意义上的眼泪。它们不是由眼眶分泌的,而是来自身体深处,我的胃正在剧烈地颤抖着,就像眼泪正在从肠道中涌出一样,眼泪像决堤一样来势汹涌,不可阻挡。这时爸爸走进屋,他看着我,表情困惑,虽然这一切太熟悉,因为妈妈患过产后抑郁症。他向我走来,看着我的脸,眼泪是可以传染的,他的眼眶开始发红,湿润了。我已经记不清上一次见他流泪是什么时候。他一言不发,只是紧紧抱住我,我感受到爸爸的爱,我想尽可能多地获取他的爱,我需要这份爱。

"对不起。"我说。

"没事的,"他轻声说,"你能做到的,加油,你能振作

---

① The Cure,英国摇滚乐队。

起来的,马特,你必须振作起来。"

我的爸爸不是一个严父。他温柔、体贴、智慧,却并不具备看穿我内心的神奇能力。

当然,他说得对,我也不奢望他能说什么别的话,但他不知道他的话听起来有多么难。

振作起来。

没人知道这有多难。人们从外表看你,只能看见你的身体外形,看见你是原子和分子的统一体,没人能看出,你的内心就像经历过宇宙大爆炸一样,自我意识化成了碎片,散落在无边的黑暗宇宙里。

"我会努力的,爸爸,我会努力。"

这是他想听到的话,所以我说给他听。然后我又望向窗外那些童年的幽灵。

相当正常的童年

心理疾病是突然发生的，还是潜藏已久的？根据世界卫生组织的研究，几乎一半的心理障碍在 14 岁前就有端倪。

我 24 岁发病时，感觉这个病很陌生、很突然。我有一个相当正常、普通的童年。但我倒是也从未认为自己非常正常。（有感觉自己非常正常的人吗？）我时常焦虑。

一个有代表性的记忆是，10 岁的我站在台阶上，哭着问保姆，我能不能跟她待在一起直到爸爸妈妈回来。

她很善良，让我跟她坐在一起。我很喜欢她。她穿着宽松的 T 恤，身上有一种香草的气味。她的名字叫珍妮。大约十年之后，这个住在街北边的保姆珍妮变成了珍妮·萨维尔（Jenny Saville），一位以画大幅裸体女人像而闻名的年轻英国艺术家（Britart）。

"你觉得他们会很快到家吗？"

"会的，"珍妮耐心地说，"当然会了。只有几英里远，不算远的，你知道吗？"

我知道。

但他们也有可能已经被抢劫、杀死，或者被狗吃掉了。当然，他们并没有。在特伦特河畔纽瓦克，很少有居民在周六夜晚被狗吃掉。他们最终安全到家了。然而在整个童年，这样的恐惧我经历了一次又一次，我在无意中教会自己如何焦虑。在一个有着无限可能性的世界里，痛苦、失去、生离死别的可能性也是无限的。恐惧滋生着想象，想象又滋生着恐惧，周而复始，直到把自己逼疯。

还有一件事，有点不寻常，但仍旧在正常范围之内。那年我13岁，学校操场上，我和一个朋友走到一些同年级的女生们旁边，坐了下来。其中一个女生，我暗恋的女生，看了看我，然后朝她的朋友们做了个感到恶心的表情。她当时说的话，直到26年后写这本书时，我依然清楚记得。她说："呃，我不想要那人坐我旁边，他脸上有蜘蛛腿。"在我恨不得钻到地缝里的时候，她继续解释说："他脸上的痦子上长了毛，看起来像蜘蛛啊。"

那天下午5点左右，我冲进家里的卫生间，用爸爸的剃须刀剃掉了痦子上的毛。我恨自己的脸。我恨脸上这两个大痦子。

我拿起我的牙刷，把牙刷头按进左脸颊，就在最大痦子的正上方。我紧闭上眼，使劲摩擦。我一直擦，一直擦，直到有血滴到水槽里，直到我的脸带着热和痛开始颤抖。

妈妈走进来,看见我在流血。

"马特,你的脸怎么啦?"

我用卫生纸捂住还在流血的伤疤,小声咕哝着事情经过。

那个晚上我睡不着觉。贴着巨大膏药的左脸颊阵阵作痛。但这不是我睡不着觉的原因。我在想,在学校里怎么解释我的大膏药。我在想象另一个空间,在那里我已经死了,那个女孩听说我死了,罪恶感让她哭个不停。这是一种想要自杀的念头,但这么想能让我感到宽慰。

童年眨眼就过去了。我还是很焦虑。我觉得自己是个局外人,和"左倾"、中产阶级的父母生活在一个"右倾"、工人阶级的小城市。16 岁时,我因在商店偷窃被拘留(偷了洗发水和巧克力棒),在警察局待了一个下午。不过那得归咎于青春期的愚蠢和合群欲望,和抑郁症无关。

我玩滑板很差劲,成绩不好不坏,留着不对称的头发,一直保持着童子之身,像中了中世纪的诅咒。一个很普通的孩子。

我不是个很合群的人。遇到他人,我的自我就会被瓦解,变成他人期望中的样子。但矛盾的是,我始终感觉体内包藏着某种强烈的东西。我不知道它是什么,但它在不断累积,像是被大坝拦截住的洪水。后来我抑郁症、焦虑症发作,我觉得我的病是所有那些被压抑的强烈情绪累积的结果,就像大坝决堤一样,如果你太难释放自我,那么自我会破壳而出,淹没你的意识,试图淹死你所有失败的、半真半假的自己。

不速之客

保罗,商店偷窃案中我的同伙,在我父母家的客厅坐着。自从毕业之后,我好多年没见他了。对我来说,就像已经过了一个世纪。他看着我,似乎我还是过去的我。他怎么能看不出我的变化?

"周六晚上你想出来玩吗?来吧,老兄,看在旧交情的分上。"

这个主意太荒谬了。我只要走出家门就会感到无限的恐惧。"我不能。"

"怎么了?"

"我不舒服。头疼,没精神。"

"所以你需要出来玩一晚上。如果你没精神,让安德莉亚也一起来。来吧,老兄。"

"保罗,你不明白……"

我被困在一所监狱里。很多年前,因巧克力棒被关进警察局几小时后,我得了一种"被锁恐惧症",害怕被锁在某个地方。我之前从来没有意识到，人还可以被锁在自己的思想里。

"要像个男人。"我这样告诉自己。虽然我从来都不擅长这个。

男孩不哭

我想说一说男人。

男性自杀人数远高于女性。在英国，前者是后者的3倍，希腊是6倍，美国是4倍。这几乎是世界各国的普遍状况。这个情况让人匪夷所思，因为每一项官方研究都表明，女性抑郁症患者人数是男性的两倍。如果男性显然比女性更容易自杀，而自杀又是抑郁症的症状之一，那为什么患抑郁症的女性比男性多呢？换句话说，为什么男性患抑郁症比女性更加致命呢？

自杀率随时代、国度、性别的不同而有所变化，这一事实表明，自杀这件事受很多因素影响。

就拿英国举例。1981年，英国有2466名女性自杀。30年后，这一数字变成了1391，几乎减半。男性的对应数字分别是4129名和4590名。也就是说，1981年，英国国家统计局记录伊始，虽然男性自杀人数高于女性，但只是约1.7倍，而30年后变成了约3.3倍。

为什么有这么多男性自杀？怎么回事？

常见的答案是，男性通常把心理疾病看作一种弱点，不愿寻求帮助。

大家经常说男孩不哭，但其实这是句假话，男孩也哭，我就哭，而且经常哭。（今天下午我就哭了，在看《少年时代》①的时候。）男孩，或者说男人，也的确会自杀。在《白噪音》②里，唐·德里罗（Don DeLillo）笔下忧心忡忡的叙述者杰克·格拉迪尼，被男子气概这一概念折磨，苦恼着怎么能让自己阳刚起来："一个不会修水龙头的男人，还有谁比他更没用吗？没用至极，白活一场，白长了男人的基因。"假如坏了的不是水龙头，而是人脑呢？一个担心男子气概遭到破坏的男人可能会认为，他应该靠自己修理好自己的头脑，利用现代社会"白噪音"里的片刻安静，或许再借助一些酒精。

如果你患有心理疾病，别担心，你属于一个非常庞大并且不断扩张的群体。从古至今，许多最伟大、最坚强的人都深受抑郁症折磨。这个群体包括政治家、宇航员、诗人、画家、哲学家、科学家、数学家（数学家尤其多）、演员、拳

---

① 《少年时代》（Boyhood），理查德·林克莱特编剧并执导的一部剧情片，影片历时 12 年拍摄，讲述一个男孩从 6 岁到 18 岁的成长历程。
② 《白噪音》（White Noise），美国当代作家唐·德里罗所著的长篇小说，美国后现代文学代表作。

击手、和平主义者、战争领袖以及 10 亿与抑郁症抗争的普通人。

得了抑郁症，跟得了癌症、心血管疾病或出了车祸是一个性质，丝毫不会影响你的男人特质、女人特质或人性。

那么我们应该怎么做呢？交谈。倾听。鼓励交谈。鼓励倾听。让交谈的内容越来越丰富。留意那些想要加入谈话的人们。反复告诉自己，抑郁症不是某个你"不敢承认"的东西，不需要你自惭形秽，它是一种人类经验，是男孩、女孩、男人、女人、年轻人、老人、黑人、白人、同性恋、异性恋、富人、穷人共有的体验。抑郁症不等于你，它仅仅是某个发生在你身上的东西，某个可以被交谈所缓解的东西。文字，安慰，支持。我花了十年，才敢也才能公开、得体地对读者谈论我的经历。我很快发现交谈本身就是一种治疗。交谈所在之处，就有希望。

2
着陆

……暴风雨结束后,你不会记得自己是怎样活下来的。你甚至不确定暴风雨真的结束了。但有一件事是确定的:当你穿过了暴风雨,你就不再是原来那个人。这就是关于暴风雨的一切。

——村上春树,《海边的卡夫卡》

樱花

抑郁症的一个副作用是，你有时会变得特别留意大脑的运转。

在我精神崩溃、住回父母家那段时间，我常常想象着把手伸进自己的脑壳里，取出让我抑郁的那个零件。这似乎是一个很多人都有的幻想，我和其他抑郁症患者聊起过，也在书中偶遇过。

但我要取出哪个零件呢？是一大块固态的东西，还是一小点液态的东西？

有一次游完泳，我坐在利兹公园广场的长椅上。这是市中心肃静的一角，维多利亚式的联排住宅现在成了法律事务所。我凝望着一棵樱花树，感到乏味，那是一种没有焦虑的抑郁，一种全然的、绝望的乏味。

我几乎动弹不得。当然，安德莉亚在我身边。我没有告诉她我的感觉有多糟。我只是坐在那里，看着粉色樱花和树枝，期待着我的思绪能像花瓣一样，轻而易举地飞远。我在大庭广众之下哭了起来。我多想成为一棵樱花树。

越是研究抑郁症，就越会意识到我们对它的无知。它的 90% 仍是秘密。

未知的未知

大卫·亚当博士（Dr.David Adam）在他关于强迫症的精彩著作《停不下来的人》(The Man Who Couldn't Stop)中写道："只有傻瓜和骗子会告诉你大脑是如何工作的。"

大脑不是烤面包机。它是复杂的。虽然它的重量仅有一千克，但这一千克承载了你一辈子的记忆。

它神奇到令人担忧的地步，因为它的功能是如此重要、繁多，而我们却仍然不理解它是如何做到的，为什么会这样做。跟其他事物一样，它由原子构成，这些原子诞生于几千万年前的恒星。

然而，我们对这些遥远恒星的了解甚至超过了对大脑工作机制的了解，大脑是整个宇宙中唯一可以去思考整个宇宙的东西。

许多人依旧坚信，抑郁症与化学物质的失衡有关。

"初期的精神失常主要与化学物质有关，"库尔特·冯内古特[①]在《冠军早餐》(*Breakfast of Champions*)里写道,"德威恩·胡佛的身体在生产某些特定的化学物质,这些物质使他的头脑失衡。"

这个观点很有吸引力,且多年来被无数科学研究佐证。

大量抑郁症病因的科学研究都关注了像多巴胺和血清素这类化学物质,尤其是血清素。血清素是一种神经递质,即将神经信号从脑部一个区域传到另一个区域的化学物质。

该理论认为,抑郁症就是脑细胞血清素产量过低导致的血清素水平不平衡。因此不难理解,最常见的抗抑郁药百忧解等,都是选择性血清素再摄取抑制剂,可以提高大脑中的血清素水平。

然而,关于抑郁症的血清素理论似乎有点站不住脚。

因为,有些抗抑郁药对血清素没有任何影响,有些反而是选择性血清素再摄取增强剂,比如噻奈普汀。临床证明这些药物对治疗抑郁症是同等有效的。此外,活人大脑中的血清素水平很难测量,无法定论。

早在2008年,《卫报》(*Guardian*)的本·高达可就在质疑血清素理论。"来自6000亿美元制药业的庸医们,兜售着他们的概念——抑郁症的病因是脑子里血清素水平太低,

---

[①] 库尔特·冯内古特(Kurt Vonnegut,1922—2007),美国作家,黑色幽默文学代表人物之一。德威恩·胡佛是他的小说《冠军早餐》中的主要人物,一个即将陷入精神错乱的汽车代理商。

所以你需要吃提高大脑血清素水平的药……这就是血清素假说。它从来就没站稳脚跟过，如今的证据更是自相矛盾。"

所以，科学家们并不都照着同一个歌谱唱歌。有些人甚至不认为存在这样一个歌谱。另一些人把歌谱烧掉了，写了自己的歌。

斯坦福大学行为科学教授罗伯特·马兰卡认为，研究应着眼于其他方面，比如大脑中心的"伏隔核"，它很小，掌管快感和成瘾。我们有理由猜测，如果它运行不正常，将导致快感缺失。快感缺失就是完全没有能力感觉到快感，这是抑郁症的主要症状。

这也意味着，试图把手伸进脑壳取出致病零件是不太可能的，因为必须穿过整个前额皮质才能取到那个很小的伏隔核。

也许研究某个特定部位或化学物质是不会给我们一个完整答案的。也许我们应该研究当代的生活方式，以及我们的大脑为何不适应当代的生活方式。不论是在认知、情感还是意识方面，人类头脑本质上是没有改变的，现代人的大脑和莎士比亚时代、耶稣时代、埃及艳后时代、石器时代是几乎一样的。时代在改变，大脑没有进化。新石器时代的人类无须应对电子邮件、突发新闻、弹出式广告、伊基·阿塞莉娅视频、一个繁忙周六夜晚的地铁自助售票机。也许我们不应该忙着升级科技，使自己逐渐变为半机械人，我们应该想想如何升级自己应对这些变化的能力。

有一件事是确定无疑的：我们距离科学的终点还很遥远，尤其是神经科学这样的"婴儿期"学科。我们今天知道的大多数知识，在未来都将被推翻或重新评估。这就是科学，不依赖盲目信仰，只坚持不断怀疑。

目前我们能做的，也是真正需要做的，就是倾听自己。如果你想好转，唯一重要的是什么对你有用。只要它有用，管它是什么原理。安定对我没用。安眠药、圣约翰草、顺势疗法对我也没用。我没试过百忧解，想想我就害怕。我也没试过认知行为疗法。如果吃药对你有用，管它是因为血清素还是别的什么，继续吃药就对了。如果舔壁纸对你有用，你就舔壁纸。我不反对药物。我支持一切有用的东西，我知道药物对很多人都有用。也许未来某一天我也会吃药。现在我只坚持对我有用的疗法：锻炼身体，瑜伽，全神贯注于我热爱的某件事或某个人。没有哪种疗法适合所有人，你自己就是最好的实验室。

头脑的问题就是身体的问题（一）

我们倾向于将大脑和身体看成分开的两部分。过去，我们认为心脏是人的中枢，或者至少和大脑占据同等的地位。现在，我们抱有一种奇怪的观念，认为大脑操纵着身体的其他部分，就像挖掘机里握着操纵杆的司机一样。

在某种程度上，将心理健康跟生理健康分开来谈的观点是有误导性的。焦虑症和抑郁症有很多症状其实发生在大脑之外，比如经常伴随焦虑症的心脏悸动、四肢疼痛、掌心冒汗和刺痛感，或是抑郁症常见的四肢疼痛、全身疲乏等症状。

精神病

13岁时,我第一次感觉到我的头脑有点陌生,有点异样。那发生在我试图用牙刷去除痦子的几个月之后。

当时我在德比郡的匹克山区,参加学校组织的郊游。女生们住在旅馆。男生们原本也该住在旅馆,但不料房间被重复预订了,所以我们8个男生住在远离温暖旅馆的马厩里。

我讨厌离家,这是我的另一个大焦虑。我想回家,躺在自己的床上,欣赏法国女演员碧翠斯·黛尔(Béatrice Dalle)的海报,或者读史蒂芬·金(Stephen King)的《克里斯汀》(*Christine*)。

我躺在上铺,看着窗外黑沉沉的沼泽地,夜空无星。我在班上的男生中没有朋友。他们只谈论足球和手淫,我对足球一窍不通,相对于足球,我可能更擅长手淫,但我不习惯当众讨论它。于是我假装睡着了。

马厩里没有老师，有一种《蝇王》①的感觉，我不是很喜欢。我很困。那天我们徒步了 10 英里，一路上大部分是泥炭沼泽地。睡意压迫着我，像周围的土地一样厚重、黑沉。

笑声把我惊醒。

发疯般的、癫狂的笑声，好像刚刚发生了世界上最好笑的事情。

我说梦话了。对一个 13 岁男生来说，没有什么比见证另一个 13 岁男生毫无防备的尴尬时刻更好笑了。

在梦中，我语无伦次地说了些关于奶牛的事，还说了纽瓦克。纽瓦克是我的家乡，说这个很好理解，奶牛嘛，好吧，这的确很奇怪，匹克山区并没有奶牛。他们告诉我，我一遍遍说着："凯勒姆在纽瓦克。"（凯勒姆是靠近纽瓦克镇的一个村子，镇议会就位于凯勒姆。我的爸爸曾经在那里做建筑师，在镇规划局。）我努力想跟他们一起笑，但我太困、太紧张。学校组织的郊游还是一个压缩版的学校，而我从 11 岁起就开始不喜欢学校了，那时我还在一个仅有 28 名学生的乡村小学。我现在就读的学校是马格达莉中学，那是一个让我快乐不起来的地方。中学第一年的大部分时间，我都在假装胃痛，但没几个人相信。

我又睡着了。醒来时我在颤抖。我是站着的，冷风吹在

---

① 《蝇王》（Lord of the Flies），英国现代作家威廉·戈尔丁的代表作，讲述了一群 6~12 岁的儿童因飞机失事被困在一座荒岛上发生的故事。

我身上,手上流着好多血。我的手鲜红,闪闪发光。一片玻璃扎在我的掌心。马厩的窗户碎了一地。我惊恐万分。

其他男生也醒了,但没有笑。印象中当时老师来了,或者就快来了。我的手不得不用绷带包扎。

原来我在睡梦中下了床。我再一次大喊奶牛,挺滑稽的。("奶牛来了!奶牛来了!")然后我在某人床边撒了泡尿。捣碎了玻璃窗。后来一个男生摇晃我的胳膊,把我摇醒了。

这不是我第一次梦游。之前的一年,我曾梦游到妹妹的卧室,拿她书架上的书,以为自己在图书馆。但在此之前,我的梦游从未公之于众。

我有了一个新外号,精神病。我觉得自己像个怪物。但那时的情况其实还不算太糟。我有爱我的爸爸妈妈,有为数不多的朋友,有一个妹妹,我们可以一聊就是几个小时。我的生活相当舒适、正常,偶尔一阵孤独感爬上心头。是孤独,不是抑郁。一种自哀自恋的、青少年的、没人理解我的感觉。当然我也不理解自己。

我忧虑着一些事情。核战争,埃塞俄比亚,坐渡船。我每时每刻都在忧虑。唯一不让我忧虑的事,或许正是我应该忧虑的,那就是忧虑本身。11年后,我不得不与之抗争。

积木层层叠

在梦游捣碎玻璃窗的 11 年后，在那些精神崩溃的日子里，我有大把大把的时间，与焦虑四目相对。

爸爸妈妈起床就去上班了，留下我和安德莉亚在家里度过漫长的一天。要书写这段时期让我感觉很怪异。我的意思是，真的没有任何事情可写啊。从外表看来，那是我人生最风平浪静的阶段。

表面上看，我每天的日程就是和安德莉亚聊天，或者在我儿时的卧室，或者在楼下的厨房。偶尔，我们下午外出散一会儿步，去最近的街角商店，只有二三百米远。在更有冒险心情的日子里，我们沿着特伦特河散步，有点远，在镇中心的另一边，我得走过儿时熟悉的街道才能到达。（为什么我变了，它们却还是以前的样子？）有时我们会买一份报纸、一盒汤罐头和一些面包，回家读读报纸，做汤喝。后来我们也帮忙准备晚饭。这就是我们的生活，聊天、坐着、散步,一点也不"阿拉伯的劳伦斯"①。这是两个24岁年轻人所能经营的最低音量的生活。

然而,这些日子又是最为激烈的日子,充斥着成千上万次微小的战役,那段日子充满了痛苦的回忆,以至于直到现在,14年6个月之后,我才敢正视它们。我精神极度紧张。人们都说"日子要一天一天过"。这么说当然可以,但一天就是一座大山,一周就是徒步翻越喜马拉雅山。都说时间是相对的,千真万确。

爱因斯坦说过,想要理解相对论,想象一下爱和痛的区别就好了。"当你和一个漂亮女子约会,一小时就像是一秒那么短。当你坐在烧红的木炭上,一秒就像是一小时那么长。"对我而言,每一秒都像坐在烧红的木炭上,除了希望病好,我最希望的就是时间过得快些。9点变成10点,早晨变成下午,9月22日变成9月23日,白天变成黑夜,黑夜变成白天。我的卧室里还放着儿时的地球仪,我偶尔会站在那里转动它,希望能把世界转到下一个世纪。

我对时间的着迷就像有些人对金钱的着迷一样。它是我唯一的武器。别人积攒英镑和便士,我积攒小时和分钟。现在是10月3日,发病后的第22天。在狂怒的焦虑之河里,积攒时间就是我的希望。

---

① 《阿拉伯的劳伦斯》是由大卫·里恩执导的冒险电影,讲述了英国陆军情报官劳伦斯带领阿拉伯游击队炸毁铁路,对抗土耳其侵略的故事。

我积攒的时间越多,就越觉得我有机会重获健康。加上我还活着,还没有把任何人错认成一顶帽子。然而好事多磨,我的时间像积木层层叠,我一天天地叠高,想象自己正在变得越来越好,然后突然有一天,五小时的惊恐发作或一整天世界末日般的黑暗袭来,积木再次崩塌。

警告信号

抑郁症的警告信号很难被人们发现。

对抑郁症没有直接经验的人,更难发现它的警告信号。部分原因在于,有的人搞不清抑郁症到底是什么。我们把"抑郁"当作"悲伤"的同义词,就像我们把"忍饥挨饿"和"饿"等同,这无可厚非。然而,抑郁症和悲伤的区别相当于"快要饿死"和"肚子有点饿"的区别。

抑郁症是一种疾病。它不伴随皮疹或咳嗽。我们看不见它,因为它基本上是无形的。它是一种严重的疾病,但令人惊讶的是,很多患病者最初很难认出它。这不是因为他们不够痛苦——他们很痛苦,但这种痛苦的感觉似乎是无从辨认,或者容易与其他东西混淆。比如,如果你感觉自己一无是处,你可能会想,"我感觉一无是处,因为我的确一无是处"。你不太容易把这看作一种疾病症状。受低自尊和疲惫感的影响,即使你明知这是一种疾病,可能也没有意愿和能力将其告知他人。但无论如何,下面是一些最常见的抑郁信号：

疲惫——如果某人总是无故感到很累。

低自尊——这一点别人很难发现，如果发生在那些不善于表达情感的人身上就更难被发现，而且低自尊也会让人更不爱表达自己。

"精神运动性阻滞"——在某些抑郁症案例中，会出现动作迟缓和说话缓慢现象。

食欲下降（不过食欲大增有时也会出现）。

烦躁易怒（不过公平地说，这可以是任何事情的迹象）。

频繁哭泣。

快感缺乏症——它是伍迪·艾伦导演的《安妮·霍尔》最初的片名。那是我第一次听说这个术语。意思是无法体验任何类型的快感，甚至美好的事物，比如日落、美食、看八十年代切维·切斯①的无厘头喜剧，诸如此类的东西。

突然内向——如果某人似乎比平时更安静、更内向，有可能他患抑郁症了。（我记得有几次我说不出话来。感觉好像动不了舌头，说话显得完全没有意义。似乎别人谈论的事情对我来说就像属于另一个宇宙。）

---

① 切维·切斯（Chevy Chase，1943— ），美国演员、编剧、制片人，作品有《周六夜现场》《废柴联盟》等。

魔鬼

魔鬼挨着我坐在汽车后座上。

他既是真实的,又是虚假的。他不是一个幻觉,也不像主题公园里的鬼魂那样清晰。他在那里,又不在那里。我闭上眼,他在那里。我睁开眼,他还在那里。他就像一种忽隐忽现的心像转移到了现实中,想象出来的而非看见的。

他很矮,约1米。顽童似的,灰白色,像教堂的怪兽状滴水嘴。他仰头看我,微笑着。然后站起身,开始舔我的脸。他的舌头很长很干。他一直不停地舔啊舔啊。我并不害怕。我的意思是,恐惧是存在的,显然,我每时每刻都生活在恐惧里,但是他并没有让我更恐惧,反而是一种安慰。他的舔舐是带着关爱的,好像我是一个巨大的伤口,他在努力让我舒服一点。

汽车正在开往诺丁汉皇家剧院,我们要去观看《天鹅湖》。这个版本的天鹅全是男性。妈妈在说着什么。安德莉亚坐在副驾位置,耐心地听着妈妈说话。我记不清她说了些什么，我只记得她在说话，因为我一直在想"好奇怪啊"。妈妈在谈论马修·伯恩①和她看过这场演出的朋友们，而后座上有一个快乐的魔鬼在舔着我的脸。

我被他舔得有些烦了。我试着关闭这种心像，或者甩掉关于他的念头，但无济于事。他继续舔啊，舔啊，舔啊。我的皮肤并不是真的能感觉到他的舌头，但魔鬼舔我脸的念头真切到足以让我的头脑发麻，好像有人在挠我的痒痒。

魔鬼大笑。我们进了剧院，天鹅在跳舞。我感觉心跳加速。黑暗、封闭空间、妈妈拉着我的手，我受不了了。我不行了，要完蛋了。当然，我没有完蛋。我还坐在座位上。

焦虑症加抑郁症，最常见的精神疾病组合，不可思议地合二为一。闭上眼睛，我常会看见奇怪的物体。现在想来，那是因为我太惧怕变疯。疯子才会看见不存在的物体。

如果你的恐惧毫无对象，你的头脑终究会为你制造出一个对象。那句经典的话——"唯一值得恐惧的是恐惧本身"，变得毫无意义。因为恐惧本身就足够了，事实上，恐惧是一个怪物。

当然——

"怪物是真实的，"斯蒂芬·金说，"鬼也是真实的。它们住在我们心里，而且有时会战胜我们。"

---

① 马修·伯恩（Matthew Bourne，1960— ）英国编舞大师，上文作者提及的男版《天鹅湖》舞剧就是他的作品。

周围很黑。房子静悄悄的,所以我们也尽量压低声音。

"我爱你。"安德莉亚低语。

"我爱你。"我也低语。

我们亲吻着。我感觉魔鬼在围观我们亲吻、拥抱。过了一会儿,慢慢地,魔鬼散去了。

存在

人生是艰难的。它也许美丽,也许精彩,却也艰难。大多数人的应对方式是不去考虑它,但有的人做不到。再说,思考是人的天性,"我思故我在"。我们知道我们会衰老、生病、死亡。每一个我们认识的人、爱的人都会衰老、生病、死亡。但我们必须记住,正因为这个我们才有爱。人类或许是唯一一个会得抑郁症的物种,但这是因为我们是一个不可思议的物种,我们创造了不可思议的东西——文明、语言、故事、情歌。明暗对比是光与影的对照,文艺复兴时期的耶稣画像中,画师用黑影来突出沐浴在圣光里的耶稣。死亡、腐烂等一切阴暗的事物会孕育美好,这或许有点难以接受,但我相信。正如永远伟大的诗人、偶尔焦虑的旷野恐惧症患者艾米莉·狄金森(Emily Dickinson)所说:"那永远不会再来的事物,才使生活如此甜美。"

3
上升

诺伊·尼尔瑞：闭上眼，屏住呼吸，一切都会变得十分美好。

史蒂文·斯皮尔伯格，《第三类接触》
（*Close Encounters of the Third Kind*）

第一次惊恐发作时你在想什么

1. 我要死了。
2. 我要发疯了,疯得再也回不到正常。
3. 我好不了了。
4. 一切都会变得更糟。
5. 没有人心脏能跳得这么快吧。
6. 我的思维运转速度也快得惊人。
7. 我被困住了。
8. 没人有过这种感觉,从来没有,整个人类历史都没有。
9. 我的胳膊怎么也麻了?
10. 我肯定好不了了。

第一万次惊恐发作时你在想什么

1. 又来了。
2. 我经历过这个。
3. 哇,但是依旧感觉很糟。
4. 我可能会死。
5. 我不会死的。
6. 我被困住了。
7. 这是最糟糕的一次。
8. 不,不是的,记得西班牙吗?
9. 我的胳膊为什么这么麻?
10. 我会挺过去的。

一个人走路的艺术

在我严重抑郁期间,我还患有其他相关的精神疾病。人类喜欢划分事物。喜欢把教育系统划分为不同学科,喜欢把一个地球划分为各个国家,喜欢把书籍划分为不同体裁。但真相是,事物是模棱两可的。就像擅长数学往往意味着也擅长物理,患抑郁症往往意味着也患有其他精神疾病,如焦虑症、恐惧症、强迫症。(我有强迫性吞咽。)

我还一度有旷野恐惧症和分离焦虑。

有一种测量我进步的方式,是看我一个人能走多远。

如果我在外面,没有安德莉亚或父母陪伴,我就适应不了。但我不仅没有逃避这些情境,还强迫自己一个人出去。

我觉得这样做还是有帮助的。总是直面恐惧,迎着恐惧而行,让我感到筋疲力尽,但这似乎有些用处。

在我自我感觉非常勇敢的日子里,我会说一些——啊咳——无比英雄主义的话,像是"我要去商店买牛奶,还有酵母酱"。

这时安德莉亚会看着我说:"你一个人吗?""是的,我一个人。没问题的。"

那是1999年。很多人还没有手机。那时"一个人"还是真正意义上的一个人。于是我会迅速穿上外套,抓点零钱,以尽可能快的速度走出家门,试图超过恐慌的速度。

当我走到威灵顿路尽头,黑暗开始对我低语。我转弯走上斯利福德路,看到橙色砖头的排屋飘着窗纱。深深的不安全感弥漫而来,我感觉自己仿佛身处一艘飞离地球轨道的飞船之上——我不是在去商店的路上,我是在阿波罗13号上。

"没事的。"我小声对自己说。

我路过一些遛狗的人,有的无视我,有的皱眉,有的竟然对我微笑。我也不得不微笑,然后我的头脑会立刻惩罚我。

这就是抑郁症和焦虑症的奇怪之处。它们极度害怕快乐,即使你本人很向往快乐。如果它们逮到你笑,甚至假装笑,你就糟糕了。笑是绝对不被允许的,它们会用10吨的抗衡力来抵消它。

怪诞。那种一个人在外面的感觉极不自然,就像没有了墙的房顶一样。我看见商店在前方。"兰帝斯"[①]的招牌看起来那么小,那么远。巨大的悲伤和恐惧让我难以迈步。

---

① Londis,英国一家连锁便利店。

打死我也做不到。

打死我也走不到商店。一个人。找到牛奶和酵母酱。

如果你现在回家，你会变得更弱。你要怎么办？回家迷失自我、变成疯子吗？如果你现在回家，一辈子住在软壁病房的概率会增加。走路，走到商店。它就是个商店。从10岁起，你就可以一个人走到这个商店了。一步一步走，挺胸抬头。呼吸。

我的心跳加速了。

别管它。

可是你听——怦怦怦怦怦。

别管它。

可是你听，你听，真该死，听啊。

还有别的。

脑海里的图像，堪比恐怖片。头后部的针刺感，蔓延到整个头部。发麻的手和胳膊。被掏空的感觉，解体的感觉，孤魂野鬼的感觉。呼吸困难。空气变得稀薄。控制呼吸节奏需要很大的专注度。

只管去商店，继续走，只管走到商店。

我进了商店。

无论有没有安德莉亚陪着，商店都是最令我恐慌的地方。它令我极度焦虑。我不清楚为什么。

是因为灯光吗？

是因为横平竖直的过道吗？

是因为闭路电视摄像机吗？

是因为那些商标为了引人注目而发出的尖叫吗？当你深深地融入周遭环境时，也许就会听见那些尖叫，阵亡在联合利华手里。这里只不过是兰帝斯，不是什么大型超市。门是开着的，街道就在外面。这条街连接着我父母家的街，街上有我父母的房子，房子里有安德莉亚，她是一切。如果我跑步，大概一分多钟就能跑回家。

我努力集中注意力。可可麦片。很难。香甜粟米片。真的很难。脆坚果麦片。蜂蜜怪兽牌蜜糖麦片泡芙。蜂蜜怪兽长得一点不像怪兽。我来这里做什么？就是为了证明自己能行吗？

太疯狂了。这是我做过最疯狂的事情。

它只是个商店。

以前你一个人来过这个商店500次。镇定。控制你的情绪。怎么控制？说得好听。每件事都很糟糕，生活就是无尽的艰难，每一秒都包含1000个挑战。我是1000个不同的人，飞速逃离身体中心。

患病前我没有意识到这种病还会有生理上的症状。我的意思是，没想到发生在脑袋里面的事竟也在感官上有所反应。我的脑部有刺痛感，嗡嗡作响，阵跳，这些感觉大多发生在头骨后部的枕叶。我的额叶感觉晕晕乎乎，像电视没信号时的白噪音。想得太多了，可能就会感觉到胡思乱想的形状。

"一分钟里容得下无限的感情,"福楼拜写道,"正如一个小地方容得下一大堆人一样。"

赶紧离开这个商店。你承受不了了。你的脑袋要爆炸了。

脑袋是不会爆炸的。生活不是大卫·柯南伯格①的电影。

也许我会继续下坠?也许发生在伊比萨的坠落只是一半?也许地狱还在更下面,我的目的地是那里?也许我会成为诗里患炮弹休克症的士兵,流着口水,号哭着,迷失了自己,连自杀也做不到?也许这个商店将把我推向那个境地?

收银台后面是一个女孩。我还能想起她的模样。她和我差不多大,也许是我的校友,但我不认识她。她的头发染了红色,显得有点漫不经心。身材丰腴,皮肤白皙,正在读一本明星杂志。她看起来不能再平静了。我真想跟她调换一下,我想成为她,太想了。我这么想很傻吧?是很傻。这整件事听起来都傻透了。

印第安纳·琼斯和酵母酱的神殿。

我找到了酵母酱,将它一把抓起,一首 Eric B. & Rakim 的说唱音乐在我脑海中高速播放,"我也是个雕塑,按照结构出生……"我是一个没有结构的雕塑。现在,这个无结构的雕塑还需要找到牛奶。冰箱里一列列牛奶瓶很吓人,很不自然。我父母喝低脂牛奶,但低脂牛奶只有一品脱的,没有

---

① 大卫·柯南伯格(David Cronenberg,1943—),加拿大导演。

他们常喝的两品脱的。所以我拿了两瓶一品脱的,食指钩着提手,拿着两瓶牛奶和酵母酱走向收银台。

怦怦怦怦怦。

我想成为的女孩,工作并不利索。我猜她是有史以来动作最慢的收银员,许多商店安装自助结账设备大概就是因为有动作这么慢的收银员吧。虽然我想成为她,但是我痛恨她的缓慢。

快点好吗?我没说出口。你会不会结账啊?

我想重新活一遍,用她的节奏生活。这样我就不会焦虑、抑郁了。我需要慢一点的节奏。

"你需要袋子吗?"

我似乎需要个袋子,但我怕她会更慢。一动不动站立着很难。当你全身上下都在恐慌时,走路比站立要好些。

某些意象漫过我的脑海。我闭上眼,看见侏儒魔鬼开心地嘲笑我,似乎我的疯狂是狂欢节上的表演。

"不,不需要,我就住在街角。"

拐弯处。

我给了她5英镑,"不用找钱了。"

她开始意识到我有点奇怪。我走出商店,重新回到广阔、宽敞的世界。我用最快的速度行走着(我没有跑,这时候跑起来会有一种仓皇而逃的感觉)。我是甲板上的一只鱼,需要水。

"没事了，没事了，没事了……"

我转过街角，祈祷不要在威灵顿路撞见我认识的人。那里空无一人，只有郊区半独立式的维多利亚后期房屋，一栋栋对望着彼此。

终于走到33号，我父母的房子。我按门铃，安德莉亚为我开门。我进了屋，可是没有感到如释重负，我的头脑迅速向我指出，因为挺过一趟街角商店之行而感到如释重负，只能证明我有病。

也许有一天，我的头脑会像商店女孩一样慢，慢到不会向我指出这类事情。

"你会好的。"安德莉亚说。

"会的。"我说，努力相信着。

"我们会帮助你恢复的。"

陪伴在抑郁症病人的身旁是件不容易的事。

跨越时间的对话（二）

那时的我：我受不了了。

现在的我：你认为你受不了，但是你可以。你行的。你会挺过去的。

那时的我：像这样的痛苦吗？你一定已经忘了它的滋味。今天我在商店乘电梯，觉得自己在破裂、瓦解，就像整个宇宙在撕扯着我。就在约翰·路易斯百货商店里。

现在的我：我或许遗忘了一些，但听着，我在这里，我活到了现在。我做到了。我们做到了。你一定要坚持。

那时的我：我多想相信你是真实存在的，多希望我没杀掉你。

现在的我：你没有杀我。你不杀我，也不会杀我。

那时的我：我为什么还活着？什么也感觉不到不是好过饱尝痛苦吗？0 难道不是大于 -1000 吗？

现在的我：听着，听我说，记住我说的话——你做到了，翻过这道坎，生活就会出现在你眼前，你懂吗？那时你会有喜欢做的事,就别去忧虑忧虑本身了,你可以忧虑,但别"元忧虑"。

那时的我:你看上去挺老的,有鱼尾纹了。你开始掉头发了吗?

现在的我:是的。我们一直都忧虑变老。还记得10岁时我们去多尔多涅河度假吗?我们仔细地看镜子里的自己,开始忧虑额头上的细纹。那么小我们就忧虑变老了。因为我们一直都怕死。

那时的我:你还怕死吗?

现在的我:怕。

那时的我:我需要一个活下去的理由。我需要一个强有力的东西支撑我渡过难关。

现在的我:好的,好的,让我想一想。

活下去的理由

1. 你以为来到了外星球，没人能理解你经受的痛苦。但实际上，他们理解。你觉得他们不理解，是因为你唯一的参照点是自己。你从未经受过这种痛苦，滑入深渊的冲击令你胆战心惊。

然而，还有其他人来过这里。在那片黑暗之中，有上千万人与你同行。

2. 你已经有自杀的想法了，情况不会变得更糟了，以后只会有上坡路。

3. 你恨自己。这是因为你敏感。估计每个人都会找到恨自己的理由，如果他们想得跟你一样多的话。其实我们每个人全都是混蛋，也都是美妙的天使。

4. 你有一个标签，"抑郁症"，那又如何？其实如果问对了专业人士，每个人都会有一个标签。

5. 你觉得一切都将变得更糟，但这种感觉只是你的症状。

6. 头脑有它自己的天气系统。虽然你现在身处龙卷风之中，但龙卷风的能量最终会被耗尽的。坚持住。

7. 无视偏见。每一种疾病都曾招来偏见。我们害怕得病，于是恐惧滋生偏见。比如，脊髓灰质炎曾被错误地指为穷人才会患的疾病。而抑郁症常被人认为是一种"软弱"或性格缺陷。

8. 没有什么会一成不变。现在这种痛苦不会永远持续。如果痛苦告诉你它会持续，是它在撒谎。其实痛苦是一笔债，可以用时间偿清。

9. 头脑会变。性格会变。我在《人类》(The Humans)中写过："你的头脑是一个星系，黑暗比光明多，但光明是值得等待的，所以不要结束自己的生命，即使黑暗是全部。要知道生命不是静止的，时间也是空间，你在时间的星系中移动，等待那恒星。"

10. 有一天，你会体验到与这痛苦相等的喜悦。听海滩男孩[①]的歌曲，你会流下欢欣的泪。你会俯身凝视怀里婴儿酣睡的脸，你会结识很多好朋友，你会品尝从没吃过的美食，你会在高处俯览美景，不去考虑从这里掉下去摔死的可能性。还有很多书你没有读过，它们会让你更充实。你会吃着超大份爆米花看很多电影。你会跳舞、大笑、做爱、沿着

---

① 海滩男孩（The Beach Boys），美国摇滚乐团，冲浪摇滚的经典代表。

河岸跑步、聊天到深夜、笑到肚子疼。生活在等待着你。虽然你现在被短暂地困在这里,但世界哪儿都不去。如果可以,坚持下去。活着总是值得的。

爱

每个人都是孤独的。即使大多数时间我们努力忘记这一事实，它依然不会改变。当我们生病时，更是在孤独面前无所遁形。任何一种形式的痛苦都是非常孤立的体验。此刻我的背正在跟我捣蛋，我只能让背平躺在沙发上，腿伸起来靠着墙，以这样的姿势打字。如果我正常坐着，弓着身子敲笔记本，我的下背部就会开始疼痛。当疼痛袭来的时候，即使知道数千万的人和我一样为背痛所苦，也丝毫不能减轻我的痛苦。

所以为什么要去爱呢？爱得再深，也不可能为爱人或自己拂去痛苦。

让我告诉你真相。它听起来可能有些老套和煽情，但我向你保证，我百分之百相信它。爱拯救了我。安德莉亚，她拯救了我。她对我的爱，我对她的爱，不止一次拯救了我，反反复复，一次又一次。

我发病时，我们在一起已经 5 年。从她 19 岁生日前夜开始直到现在,安德莉亚得到了什么呢?持续的收入不稳定?被酒精损害、略有不足的性生活?

大学期间,朋友们总以为我们是快乐的一对。确实是的,除去另外一半不快乐的时间,我们的确很快乐。

有趣的是,我们根本不是同一类人。安德莉亚喜欢睡懒觉,晚上睡得也早。我睡眠不好,是夜猫子。她职业道德很强,我不强(尽管抑郁症神奇地让我拥有了职业道德)。她井井有条,我是她见过最没条理的人。我们的结合,就像氯气和氨气的混合,显然不是个好主意。

但她说,我会让她笑,我很"有趣"。我们喜欢交谈。我们两人都比较害羞、内向,但各有各的方式。安德莉亚是个社交变色龙。她这样做是出于善意。她受不了别人感到尴尬,所以总是尽可能委屈自己,迁就对方。我想,如果我给了她什么的话,是让她做自己的机会吧。

如果确实像叔本华说的,"为了和其他人一样,我们失掉了四分之三的自己",爱就是重新找回那四分之三自己的方式。找回童年就已失去的那份自由。也许,爱就是找到那个可以在他身边做古怪自己的人。

通过交谈,我帮助她成为她,她帮助我成为我。在一起的第一年里,我们常常通宵聊天。当夜幕降临时,我们先去沙普街尽头(我的学生公寓所在的街)的葡萄酒商店买一瓶葡萄酒,虽然那对我们来说太昂贵。天明后,我们会在那台需要不停调整天线才能看到画面的日立电视前看早间新闻，以此结束一整夜的交谈。

一年后，我们开心地扮演成年人，买来《河上咖啡厅食谱》(*The River Cafe Cookbook*)，邀请朋友们到我们阴暗潮湿的学生公寓来，吃托斯卡纳面包沙拉，喝昂贵的红酒。

请不要认为这是一段完美的关系。它过去不是，现在也不是。尤其是我们在伊比萨的时光，现在想来似乎是一场漫长的争吵。

听一听我们的对话：

"马特，醒醒。"

"怎么了？"

"醒醒，8点半了。"

"所以呢？"

"我10点必须到办公室。开车得45分钟。"

"迟到也没人知道。这是伊比萨。"

"你太自私。"

"我是太困。"

"你是余醉未醒。昨天你一晚上都在喝柠檬味伏特加。"

"很抱歉我玩得那么开心。你也该试试。"

"滚。我要开车走了。"

"什么？你不能把我扔在别墅啊，我没车怎么出门啊，吃的都吃完了。等我10分钟！"

"我要走了。我一刻也受不了你了。"

"为什么？"

"是你要来这里的。没有我这份工作我们怎么能住上这个别墅？"

"你每星期工作 6 天，每天工作 12 小时。他们是在剥削你。他们现在还在派对疯玩呢。办公室 12 点以后才有人。他们重视你只因为你是个工作狂。你拼命讨好他们，对待我却像对待垃圾。"

"再见，马特。"

"该死的，你不是真要走吧？"

"你个自私的讨厌鬼。"

"好啦好啦，我准备好了……该死。"

但争吵只是表面。大浪之下的海水是静止的。我们也是如此。从某种意义上说，我们争吵，是因为我们知道争吵对感情不会有什么根本的影响。当你在某个人面前可以做真实的自己时，你会向外投射不满意的自我。在伊比萨，我就是这样，我不快乐。当我不快乐时，我会试图将自己沉浸在快感里。

那时的我——用心理治疗的术语来说——处于否认期。我在否认我不快乐，即使我的确是个脾气差、烂醉如泥的男朋友。

但我没有一刻停止爱她。我全心全意地爱她。我们的爱是菲利亚和厄洛斯①，是友谊之爱，也是恋人之爱。在面对困难时，我们之间深厚、全然的友谊之爱显得至关重要。当抑郁症袭来，安德莉亚一直陪在我身边。她温柔地对待我，一切都那么妥帖。

我可以和她谈心，谈任何话题。和她在一起就像和另外一个我在一起。

那些她曾经只在争吵时展现的力量和愤怒，现在被用来引导我更好地生活。她陪我看医生，鼓励我打心理热线，和我搬进新公寓，鼓励我读书和写作。她赚钱养家，给我时间和空间，替我打理好一切生活琐事。

她填补了焦虑和黑暗制造的空白。她是我的第二个头脑，我的人生保姆，另外一半的我。她帮我代班，像战时的军嫂一样耐心等待我，等我回来。

---

① 原文为希腊文，philia 和 eros，意为"友爱"和"欲爱"。

如何陪伴患抑郁症或焦虑症的人

1. 要知道你是被需要、被感激的,即使表面上看起来不是这样。

2. 聆听。

3. 永远不要说"振作起来"或"高兴起来",除非你会提供具体、万无一失的操作方法。("严厉的爱"不管用,老套的、温柔的爱就足够了。)

4. 抑郁症是一种疾病,如果病人说了一些无心的话,要体谅他们。

5. 教育自己。要了解最重要的一点:对你来说很容易的事,比如逛商店,对抑郁症患者也许是不可能完成的挑战。

6. 别认为这是你的错。别把抑郁症当成流感、慢性疲劳综合征、关节炎。病人得病不是你的错。

7. 耐心点。这个过程不会很轻松。抑郁症有涨落、起伏,不会保持一个状态。不要把某一个快乐或糟糕的时刻当作痊愈或复发的证据。打一场持久战吧。

8．接纳现在的他。问问他你能做什么。其实你能做的主要就是陪在他身边。

9．如果可能的话，解除病人的一切工作、生活压力。

10．尽可能别对病人的举动大惊小怪，这会更让他们觉得自己是个怪人。躺在沙发上三天不起？不拉开窗帘？因为决定不了穿哪双袜子哭个没完？那又如何，没什么大不了的。"正常"其实是主观的，没有什么标准答案。这个地球上有70亿人，就有70亿种正常。

一个微不足道的时刻

它来了,那个我等待已久的时刻。2000 年 4 月的某个时刻。完全微不足道。事实上,我不知道它有什么可写的。那一刻,我脑袋空空的,漫不经心。有 10 秒钟,我醒着,但没有想着抑郁症或焦虑症。我想着工作,想着怎么才能在报纸上发表一篇文章。这不是一个快乐的想法,只是一个中性的想法。但它是穿透乌云的一束光,昭示着太阳还在某处存在着。虽然这 10 秒钟一会儿就过去了,但我有了希望。终有一日,这无痛苦的几秒会变成几分钟、几小时甚至几天。

相对于抑郁，这些事更让我自怜

耳鸣。

在烤箱上烫伤了手，不得不戴了一星期怪异的药膏手套。

不小心把腿点着了。

丢了工作。

脚趾断了。

负债。

洪水淹了我们的新房，经济损失一万英镑。

我的书在亚马逊上的差评。

感染诺如病毒。

11岁做了包皮环切术。

腰背疼痛。

曾经被黑板砸在身上。

肠易激综合征。

距离恐怖袭击仅有一条街的距离。

湿疹。

一月份住在赫尔。

分手。

在圆白菜包装车间工作。

从事媒体销售（好吧，是险些从事）。

吃了有毒的对虾。

持续三天的偏头痛。

向外星人解释地球生活

对一个没有经历过抑郁症的人解释什么是抑郁症很难。

就像对一个外星人解释地球生活。因为没有参照点,你不得不借助比喻。

你被困在一个隧道里。

你在海底。

你着火了。

你很难解释它的激烈程度。它不在正常的情绪范围之内。当你抑郁了,你就真的身陷其中,你逃不出去,除非你逃出生命,因为它就是你的生命,你的生命抑郁了。你的每一个体验都被它过滤,被它放大。在最极端的情况下,那些正常人几乎不会留意的事物却会对你产生压倒一切的作用力。太阳躲进云里,这种天气的细微变化却让你像死了朋友一样难受。从房间走到户外,对你来说就像婴儿从母亲温暖的子宫降生到这个世界,充满了未知的惊恐。吞下一片布洛芬,你神经质的大脑会认为你吸食了过量的冰毒。

对于我，抑郁症不是麻醉剂，而是兴奋剂、强化剂，就好像我一直住在壳里，突然间壳消失了。我完全暴露了，鲜活、赤裸的意识，被剥了皮的人格，浸泡在酸液里的大脑，被各种体验侵蚀着。我没有意识到，这种头脑的赤裸状态竟会兼具积极效果和消极效果，这是我当时无法理解的。

我并不认同"任何杀不死你的，都会使你更强大"[①]这句话。事实上根本不是这样，那些"杀不死你的"通常会使你更弱小，让你在余生里四肢无力，不敢走出家门，甚至是卧室。它们让你颤抖，语无伦次，头倚着窗，祈求回到它们出现之前的日子。

不。

其实抑郁症不是一个能用"意志力"解决的问题，至少不是那种"别想太多，挺住就好"的意志力。它更像是一种对情绪的放大和锐化处理，一种从平淡到诗意的转变。24岁之前，我没有体验过这样的痛苦，但同样也没有感知过这样的快乐。抑郁症也许是这种觉醒的代价，然而当它真正发生在你身上时，这代价却又显得太过沉重，乌云再美也仍是乌云。不过让人欣慰的是，快乐不仅能补偿痛苦，更能让你真正从痛苦中走出来。

---

① 德国哲学家尼采的名言。

留白

安德莉亚和我在父母家住了漫长的3个月,然后在利兹大学附近租了一间便宜的学生公寓,度过了那个冬天余下的时间。安德莉亚做一些零星的公关工作,我则在努力不让自己变疯。

起初,我的世界全是抑郁。从2000年4月开始,快乐开始滋长,虽然才占0.0001%。快乐就是我和安德莉亚从郊区公寓走去市中心的路上,温暖的阳光照在我脸上。直到阳光不在,快乐才消失。那天之后,我知道自己还是可以得到快乐的,生命再次对我敞开。5月,快乐从0.0001%变成了0.1%。

我正在变得好起来。

6月初,我们搬进市中心的一套公寓。

我喜欢它的光线,喜欢白色的墙,喜欢金黄到不自然的地板,喜欢占据大部分墙面的长方形现代派玻璃窗,喜欢房东买的廉价绿松石色沙发。

当然，这里还是英国，还是约克郡。阳光十分短缺。但在我们的预算范围内，这里已经是最好的选择了，比紫红色地毯、棕色厨房的学生公寓好得多。绿松石色的沙发怎么也要好过绿松石色的霉菌。

光是一切。阳光。拉开的百叶窗。由短段落和大量留白构成的书页。

短。

段落。

光是一切。

书也是一切。我以一种从未有过的强度，不停地读着，读着，读着。我一直自认为是个爱书之人，但爱书和需要书是不一样的。那时我需要书，对我来说它们不是奢侈品，而是 A 类毒品。但我很开心中了书毒，在那 6 个月里，我读的书比大学 5 年读的还多，在魔术般的书籍世界里越陷越深。

人们说，阅读不是为了逃避，就是为了找到自我。我倒是觉得这两者之间其实没有区别，因为我们会在逃避的过程中找到自我。与我们身在何处相比，更重要的是我们该去向何处。"难道没有逃离头脑的出路吗？"这是西尔维娅·普拉斯①的名言。我十几岁时在一本名人名言书里偶遇它，就被它深深吸引了（它的含义，它可能的答案）。如果除了死亡之外，还有这样一条逃离头脑的出路，那就是文字。文字不是让我们彻底逃出头脑，而是帮助我们逃出某一个头脑，然后给我们砖瓦去建造另一个头脑，相似但更好，靠近旧的但基础更坚固，景色更美好。

莎士比亚说："艺术的目的是赋予生命形状。"我的生命，我混乱的头脑，需要一个形状。我的人生已经"丢掉了情节"②，没有了线性叙事，只剩下杂乱和混沌。所以我喜欢外部叙事带给我的希望。电影，电视剧，尤其是书籍，它们本身就可以是我活下去的理由。每一本书都是人类头脑在某一特定状态下的产物。所有书籍摆在一起，就是人性的总和。每次阅读一本好书的时候，我都感觉像在看一张藏宝图，而那宝藏就是我自己。但每一张地图都是不完整的，我只有读完全部的书，才能找到宝藏，因而这个找到最好自我的过程是一场无尽的远征。而书籍本身似乎也在隐隐印证着这个观点，因为每一本书的情节都可以被归结为"某个人对某样东西的追寻"。

很多人老套地认为，书虫是很孤独的。但对我来说，书

---

① 西尔维娅·普拉斯（Sylvia Plath，1932—1963），继艾米莉·狄金森和伊丽莎白·毕肖普之后最重要的美国女诗人。
② 原文为 lost the plot，英国俚语，有"快疯了"的意思。

是挣脱孤独的方式。如果你是那种容易想太多的人，就没有什么比置身于一群跟你频道不同的人中更孤独的了。

抑郁症最严重的时候，我感觉自己被困住了，陷进了流沙（这是我小时候最常做的噩梦）。书是关于运动的，是一次追寻、一段旅程，有开端、中间和结尾，即使它们并不按既定的次序发生。书意味着展开新的篇章，将昨日种种抛诸脑后。

正因为几个月前，文字、故事甚至语言对我来说丧失了意义，我才决心再也不要让这种感觉出现，于是我不停地阅读，如饥似渴，不知疲倦。

安德莉亚睡着以后，我会把床头灯打开，坐在床上阅读将近两个小时，直到眼睛干涩、疼痛。个中真意，我上下求索而不得，但感觉自己正在无限地接近目的地。

《权力与荣耀》

在我记忆中,那段时间我重读过格雷厄姆·格林①的《权力与荣耀》(*The Power and the Glory*)。

读格雷厄姆·格林是一个有趣的选择。在利兹大学攻读文学硕士时,我上过关于这位作家的课程。我不知道为什么选修了那门课。那时我对格雷厄姆·格林一无所知。我听说过《布赖顿棒糖》(*Brighton Rock*),但从未读过。我还听说他曾住在诺丁汉郡,且厌恶这个地方。我也在诺丁汉郡住过,也常常厌恶这个地方。也许这就是原因。

最初的几周,我几乎认为这是一个错误。只有我一个人选了这门课。导师恨我。我不知道"恨"这个词是否恰当,但他的确不喜欢我。他信仰天主教,穿着正式,跟我说话的口吻透着微妙的轻蔑。

---

① 格雷厄姆·格林(Graham Greene,1904—1991),英国大师级小说家,被称为20世纪最严肃、最具宗教意识的作家。

上课的时间很漫长,有着去医院做睾丸检查一般的"乐趣"。我常常一身啤酒味,因为坐火车去利兹的路上我总会喝上一两瓶(安德莉亚和我住在赫尔)。结课时,我写了一篇迄今为止最棒的文章,却只得了69分,离优秀尚有一分之差。我将其视作对我个人的侮辱。

总之,我热爱格雷厄姆·格林。他的作品充满一种不适感,让我感同身受。这种不适感来自于罪恶、性、天主教、单恋、压抑的欲望、热带酷暑、政治、战争。可以说除了文字本身,一切都是令人不适的。

我热爱他写作的方式。我热爱他把一个具体的东西比作抽象的东西:"他吞下白兰地,像遭了天谴。"如今,我越发热爱他这种写法。抑郁症让物质世界和非物质世界的界限模糊了,似乎连我自己的身体都变得不真实、抽象了,甚至有一部分变得虚构了。

《权力与荣耀》讲述了20世纪30年代,一个"威士忌神父"穿越墨西哥的故事。彼时天主教还是不合法的,他被一个副警长追捕。

在利兹第一次读这个故事时我就喜欢上它了,如今喜欢已变成热爱。在伊比萨做过准酒鬼的我,自然容易同情一个墨西哥的准酒鬼。

这是一本阴沉、激烈的书。当你感觉阴沉、激烈的时候,只有这种书才能引起你的共鸣。但书中也包含着乐观和救赎的可能性,它是一本关于爱的疗愈力量的书。

"恨是缺乏想象力的表现。"作者说。

作者还说:"童年总有那么一个瞬间,门开了,未来悄悄降临。"经历围攻纯真,而纯真一旦失去,就无法找回。这本书和他的许多其他书一样,探讨天主教罪恶。但对我而言,它讲述的是抑郁症。格林患有抑郁症,他从小就在学校被人欺负,因为学校校长是他那人缘很差的父亲。他曾独自玩俄罗斯轮盘赌,企图自杀。在这本书中,我看到的罪恶不是天主教的罪恶,而是抑郁症带来的心理上的罪恶。这减轻了一部分抑郁症带给我的隔绝感。

这段时期我读的其他书有:

《看不见的城市》(*Invisible Cities*),伊塔洛·卡尔维诺(Italo Calvino)——最美的书。想象的城市,每一座都有点像威尼斯,却又不是威尼斯。书页上的梦。如此离奇,离奇程度胜过我头脑中稀奇古怪的心像。

《追逐金色的少年》(*The Outsiders*),苏珊·依·辛顿[①]——我10岁时的启蒙书,我最爱的一本闲书。充满美国风情和多愁善感的对话。比如,"留住金色,波尼博伊。"病榻上的强尼说,显然是读了罗伯特·弗罗斯特的《美景易逝》(*Nothing Gold Can Stay*)。

---

① 苏珊·依·辛顿(S.E.Hinton,1948—),美国青少年文学作家。

《局外人》(The Outsider)，阿尔贝·加缪(Albert Camus)——我对"局外人"和"存在主义的绝望"很感兴趣。此书文字上的冷漠感给了我一种奇异的慰藉。

《简明柯林斯名言词典》(The Concise Collins Dictionary of Quotations)——名人名言很好读。

《济慈书信集》(Letters of Keats)——大学期间我研究过济慈。一位典型的年轻诗人，脸皮薄，注定不幸，情感激烈。我感同身受。

《橘子不是唯一的水果》(Oranges Are Not the Only Fruit)，珍妮特·温特森[1]——我热爱珍妮特的写作。每个文字都饱含力量、智慧。我随意翻到哪一页，都能发现与我产生共鸣的句子。"我似乎绕了一个大圈，又在起跑线遇见了自己。"

《声音》(Vox)，尼克尔森·贝克[2]——整本小说就是一次电话性爱，挑逗了16岁的我，令我如痴如醉。仅有对话，也是非常好读。充满着性或性欲，对一个年轻、焦虑的头脑来说，性是一种积极的消遣。

《金钱》(Money)，马丁·艾米斯[3]——我太了解这本书了。还写过关于它的论文。文字胆大、狂妄、锋利、幽默、

---

[1] 珍妮特·温特森（Jeanette Winterson，1959— ），英国作家，因其杰出的文学成就被授予英帝国勋章（OBE）。
[2] 尼克尔森·贝克（Nicholson Baker，1957— ），美国小说家、散文家。
[3] 马丁·艾米斯（Martin Amis，1949— ），英国著名作家，他的小说《金钱》被《时代周刊》评为百大英文小说之一。

男子气（虽然有时充满恨意）。它有着激烈的情感，喜剧中透出悲伤的美。（"每个小时你都在变得更弱。有时，当我独自坐在伦敦公寓里，凝望窗外，我会想着，看着雨在下却不知道它为什么下，实在太凄凉、太沉重了。"）

《塞缪尔·佩皮斯①日记》(The Diary of Samuel Pepys)——我对其中记录17世纪伦敦大火灾和大瘟疫的章节印象十分深刻。佩皮斯对那个动荡时代相对轻松的记述方式，对我来说有一种疗愈作用。

《麦田里的守望者》(The Catcher in the Rye)，J. D. 塞林格（J.D.Salinger）——因为霍尔顿是个老朋友。

《企鹅版第一次世界大战的诗歌》(The Penguin Book of First World War Poetry)——英国诗人艾弗·格尼（Ivor Gurney）的《奇怪的地狱》(Strange Hells)（"心灵会烧伤，但别去面对它是如何烧伤的"）和威尔弗雷德·欧文（Wilfred Owen）的《精神病例》(Mental Cases，描写了精神病院患炮弹休克症的病人），这两首诗既吸引我又困扰我。我没有经历过战争，但我熟悉那种痛苦，面对每一天，如同"黎明撕裂，伤口再次流血"。抑郁症和焦虑症竟与创伤后应激障碍如此相

---

① 塞缪尔·佩皮斯（Samuel Pepys，1633—1703），英国托利党政治家，他在1660年到1669年间写下的生动翔实的日记《塞缪尔·佩皮斯日记》于19世纪发表后，被认为提供了英国复辟时期社会现实和重大历史事件的第一手资料和研究素材。

似。难道我们经历过什么不为人知的创伤？难道现代社会的噪音和快节奏伤害了我们洞穴人的头脑？是我太多愁善感，还是生命是一场看不见硝烟的战争？

《10½章世界史》（*A History of the World in 10 1/2 Chapters*），朱利安·巴恩斯[①]（Julian Barnes）——这本书我太熟悉了，我以前就读过，非常喜欢，它很诙谐、很古怪。

《荒野指南》（*Wilderness Tips*），玛格丽特·阿特伍德——这是一本短篇小说集，一座容易翻越的小山丘。其中有一篇《真正的垃圾》（*True Trash*）是我的最爱，写的是十几岁男孩偷窥女服务生的故事。

《藻海无边》（*Wide Sargasso Sea*），简·里斯[②]（Jean Rhys）——《简·爱》（*Jane Eyre*）的前传。关于"阁楼上的疯女人"和她如何变疯的故事。背景设置在加勒比海。虽身处天堂，却仍有绝望和孤立之感，这是最能令我产生共鸣的一点。在"世界上最美的地方"却有着糟糕透顶的体验，多么像我在西班牙的最后一个星期。

[①] 朱利安·巴恩斯（Julian Barnes，1946— ），后现代主义文学作家，2011年以《终结的感觉》获得布克奖。

[②] 简·里斯（Jean Rhys，1890—1979），出身英国治下多米尼克的20世纪女性作家，其代表作《藻海无边》彻底改写了夏绿蒂·勃朗特的《简·爱》，也因此而备受争议。

巴黎

她控制不住，说出了给我的生日惊喜。

"我们要去巴黎了，明天，我们明天要去巴黎了！我们要去乘坐欧洲之星①了！"

我吓傻了，没有比这更恐怖的消息了。"我不能，我不能去巴黎。"

惊恐发作了。我感觉它在我的胸口聚集，似乎我又回到了 2000 年。我被困在自己身体里，像玻璃罐里一只绝望的苍蝇。

"要去的。我们住在第六大街，会很棒的。我们住的是奥斯卡·王尔德（Oscar Wilde）去世的旅馆，L'HOTEL。"

住在奥斯卡·王尔德去世的旅馆也于事无补，我更确信我将会死在那儿了。像奥斯卡·王尔德一样，死在巴黎。我想象着巴黎的空气会杀死我。我 4 年没出过国了。

---

① 一条连接英国与法国巴黎及比利时的高速铁路。

"我觉得我没法呼吸那里的空气。"我没疯!我知道这听起来很傻,但我确实认为,我没法呼吸那里的空气。

我紧紧蜷缩在门后面,全身颤抖。我不知道在玛丽·安托瓦内特①之后,还有没有人如此恐惧过巴黎。但安德莉亚知道该怎么做,她已经是这方面的博士了。她说:"好的,我们不去,我可以取消旅馆预订,大概会损失点钱,但如果你觉得很难……"

太难了。

我一个人走 20 米都要惊恐发作,可想而知去巴黎有多难,就像一个正常人被告知他必须裸体绕着德黑兰走一圈。

但是。

如果我拒绝,我就成了一个因为恐惧而不能出国的人。这是疯子才有的行为。而我最大的恐惧,大过死亡的恐惧,就是变成一个疯子,把自己完全交付给魔鬼。于是,一个巨大的恐惧被一个更大的恐惧击败了。

打败一个怪物的最好方法是找到一个更可怕的怪物。

所以我去了巴黎。英吉利海峡隧道没有塌。我没有被海水淹死。我的肺可以呼吸巴黎的空气。尽管我在出租车里几乎说不出话。从巴黎北站去往旅馆的路很艰难,塞纳河边有人在游行,举着一面大大的红旗,像《悲惨世界》里的三

---

① 玛丽·安托瓦内特(Marie Antoinette,1755—1793),法国国王路易十六的妻子,死于法国大革命。

色旗。

那一晚我闭上眼，几小时都睡不着，因为我感觉巴黎一直在移动，好像我还在出租车里。但我很平静，接下来的4天里，我也没有惊恐发作，只是当我走在巴黎左岸，走在瑞弗里大道，走在蓬皮杜艺术中心顶楼的餐厅里时，会感到一种普遍意义上的焦虑。我开始意识到，做一些让我惧怕的事（又没有被吓死）就是最好的治疗。如果你害怕出门，就走出门。如果你害怕封闭空间，就在电梯里待一会儿。如果你有分离焦虑，就强迫自己独自待一会儿。当你抑郁、焦虑时，你的舒适区会从整个世界缩小到一张床，甚至缩小到什么也没有。

新的地方带给你的刺激与兴奋，会让你既害怕又自由。在熟悉的地方，你的头脑全神贯注于自身，你的卧室没什么值得留意的。外部威胁为零，只剩下内部威胁。在异国他乡，环境是新鲜的，你不得不更加关注头脑以外的世界。

在巴黎的那几天，我就是这样。

我感觉更正常了，比在国内正常，因为在这里我的焦虑和不安可以被看作英国人的性格特征。

很多抑郁症患者把旅行当作缓解症状的良药。美国大画家乔治亚·欧姬芙（Georgia O'Keeffe）毕生为抑郁症所苦，这不奇怪，很多艺术家都患有抑郁症。1933年，46岁的她住院治疗，症状是控制不住地哭泣，无法吃饭或睡觉等。

欧姬芙的传记作家罗克萨娜·罗宾逊（Roxana Robinson）说，待在医院对她毫无帮助，反而旅行对她帮助甚大。她去了百慕大、纽约的乔治湖、缅因州和夏威夷。"温暖、慵懒、独处正是乔治亚需要的。"罗宾逊写道。

当然，旅行并不是万能的解药，有时候甚至是无法实现的，但当我真的有机会离开时，它确实能够帮助我。最重要的是，它给了我一种新的视角——我们的头脑或许是被困住了，但我们的身体还能移动。让身体在不同地理位置间游走，对摆脱不快乐的精神状态有所帮助。"移动"是"固着"的解药。有时候，动起来真的有用。只是有时候。

古斯塔夫·福楼拜说："旅行使人变得谦虚。因为它使你领悟，人在世界上所占的地位是多么渺小。"这种视角会带给你自由感。如果疾病一方面让你弱化自我价值，一方面却又让你过分在意那些本来无关紧要的细枝末节，你就尤其需要用这种视角看问题。

我记得有一次抑郁症发作时，我在看马丁·斯科塞斯（Martin Scorsese）导演的霍华德·休斯（Howard Hughes）传记片《飞行家》(The Aviator)。其中一幕，凯特·布兰切特（Cate Blanchett）扮演的凯瑟琳·赫本（Katharine Hepburn）转身对莱昂纳多·迪卡普里奥（Leonardo DiCaprio）扮演的休斯说："霍华德·休斯身上有太多霍华德·休斯。"影片中，正是这种高强度的自我意识，导致了他的强迫症，最终逼他把自己锁在拉斯维加斯一个旅店房间里。

　　看完电影，安德莉亚对我说，马特·海格身上有太多马特·海格。她是在开玩笑，但也不无道理。任何能弱化高强度自我意识的东西，我都欢迎。自从那次巴黎之行开始，旅行就成了其中之一。

坚强的理由

2002年,我恢复得不错,感觉好多了,当然这是跟最糟糕的日子相比。实际上,我依然焦虑重重,害怕服用任何药物,每次吃对虾、花生酱或任何可能引起过敏的食物时,我都深信我的舌头会肿大。我需要安德莉亚陪在我身边,只要看见她,我就无比平静。

大多数时候,这个需要并不难满足。我和安德莉亚住在一起,工作在一起,就在我们的小公寓。我们也都不认识什么擅长社交的人。在我们两个人中,我一直是比较喜欢出去结交朋友的,现在也没那个心情了。

2002年,安德莉亚的妈妈被诊断出卵巢癌,可想而知,这改变了一切。我们搬进达勒姆郡她父母家里,弗丽达开始接受化疗。过去3年一直在修复抑郁症男友的她,现在又摊上一个身患癌症的妈妈。

她流了很多泪。我觉得接力棒传到了我手里。这次该轮到我做坚强的那个人了。

当初听到妈妈生病的消息时,她坐在床沿,哭得声嘶力竭,我从没见她那样伤心过。我搂住她,说不出话,突然感觉在悲剧面前语言好无力。幸好她先开口了。

"马特,你说一切都会好的。"她说。

"一切都会好的。"

两个月后,我在未来的岳父岳母家里,哀求着安德莉亚带我跟他们一起去医院。

"我得带妈妈去医院。"她说。

"好的,我和你们一起去。"

"他们想让你留在家里,等着给大卫开门。"大卫是安德莉亚的哥哥,他从伦敦赶回来。

"我可以和你们一起去。"

"马特,求你了。"

"我不能一个人在家。分离焦虑会让我惊恐发作的。"

"马特,我求求你。我妈妈病了。我不想让她压力太大。你真自私。"

"糟糕,对不起,对不起,可是你不理解。"

"你能做到的。"

"我不行。你告诉爸爸妈妈我也要一起去,不行吗?"

"好吧,行,好吧,我去告诉他们。"

忽然我改变了主意,说,"不。"

"不什么?"

"我一个人在家吧。我留在家里。"

"真的？"

"真的。"

"我把医院电话给你留下。"

"不用了，"我愚蠢地以为这是我和她的最后一次对话，"我自己找得到。"

"还是给你留下吧。"

"谢谢。"

"好的，你们出发吧。"

我在各个房间之间走来走去，等他们回来。她家有很多陶瓷装饰品，有牧羊姑娘小波比，还有一只粉红色美洲豹，跷着二郎腿坐在窗沿，用黄色大眼睛紧盯着我。

最初的 10 分钟，我的心脏狂跳，呼吸急促。安德莉亚死了，她父母死了，我脑海中的车祸情景太逼真，不可能是假的。20 分钟过去了，我要死了，胸口疼，大概是肺癌，我才 27 岁，但我抽了很多烟。30 分钟，一个邻居敲门问弗丽达的情况。40 分钟，肾上腺素开始下降，我独自待了 40 分钟，还活着。50 分钟时，我甚至希望他们在外面待够 1 小时，我觉得自己很强。50 分钟啊！持续 3 年的分离焦虑在 1 小时内被治愈！

无须说，最后他们回来了。

那是一个痛苦的夏天，但结果还不错。安德莉亚的妈妈胜算很小，但她打败了概率。她的早餐已经从一块饼干升级为一个猕猴桃了。我强迫自己强大起来，将自己置于不舒服的情境中。有时候我们有必要给自己制造一些不适感。正如波斯诗人鲁米（Rumi）在12世纪写道："伤口是光进入你内心的地方。"（他还写过："忘掉安全，在你害怕的地方生活。"）我写了第一本像模像样的小说，不完全是为了事业（小说是对莎士比亚《亨利四世》的改写，主人公是会说话的狗，显然不是畅销书题材），更是为了让自己充实起来。两年之后，在安德莉亚的鼓励下，这本书真的出版了，我把它献给安德莉亚，但我欠她的不仅仅是一本书，是一辈子。

武器

我的经纪人说:"你有出版商了。"

"什么?"

"刚接了一个电话。你将要成为一位作家了。"

"什么?真的吗?"

"千真万确。"

这个消息让我激动了6个月。在这6个月里,我的低自尊被人为地治愈了。我会躺在床上,微笑着进入梦乡,想着,哇,我真了不起,我要出书了。

但是出书(或找到一个好工作或其他)不会永久性地改变你的头脑。一天夜里,我醒着躺在床上,感觉不太开心,我开始焦虑。焦虑急速上升,仅仅3周时间,我再次被困在自己的头脑里。但这一次,我有了武器。其中最重要的武器是一种新的认识:我病过,但后来康复了,恢复健康是可能的。还有一个武器是跑步,我知道了身体会影响头脑,所以我开始经常跑步。

跑步

跑步是抑郁症和焦虑症公认的缓解剂，对我也确实很有帮助。刚开始跑步，我还会时不时有严重的惊恐发作。我喜欢跑步的原因是，惊恐发作的许多生理症状——心跳加速、呼吸不匀、出汗——也是跑步的"症状"。所以，跑步时我不用担心心跳加速，因为心跳加速是有正当原因的。

跑步也给了我一个聚焦点。我并不是身体多么矫健的人，跑步对我来说是件挺费劲、挺痛苦的事情。但那份用力和不适感是一个很棒的聚焦点。我对自己说，训练身体也是训练头脑，类似一种冥想运动。

当然，跑步还让人身体健康。身体健康当然是一件好事。患病期间我一直大量喝酒、抽烟，现在我在努力消除已经造成的损害。

我每天要么跑步，要么做其他有氧运动。像村上春树一样（他写的《当我谈跑步时我谈些什么》我读过，很精彩），我发现跑步可以驱散迷雾。村上春树还说："在自己的极限内拼尽全力,这就是跑步的本质。"我也信奉这一点,我想这也是跑步有益头脑的原因之一。

跑完步,做做伸展运动,冲个热水澡,我会感到很放松,就像抑郁症和焦虑症在缓慢地蒸发,感觉妙极了。跑步时的那种单调——粗重的呼吸,人行道上有规律的脚步声——就像是抑郁症的一种隐喻。每天去跑步,就等于每天都与自己战斗。在2月寒冷的早晨出门跑步会让你很有成就感。你与自己的无声辩论——我不想跑了!不,继续!不行了,我没法呼吸了!只剩下1英里了!我只想躺下!不能躺下!——就是你与抑郁症的辩论。对我来说,如果在阴冷、潮湿、灰蒙蒙的早晨强迫自己跑步1小时,我就好像拥有了更多战斗力,有点"抑郁症,你最好小心点,别惹我"的意思。

跑步有时的确管用,但它不是万能解药。我不是宙斯,没有制造雷电的魔力。但这些年来我收集了很多抵抗抑郁的方法,它们偶尔能给我提供帮助,这已经很好了。为战斗准备的武器平时不露锋芒,但一遇到战事就能随时点燃战斗力。写作、阅读、交谈、旅行、瑜伽、冥想、跑步,这些我为了与抑郁症作战准备的武器也是一样。

头脑的问题就是身体的问题(二)

我认为"精神疾病"这一术语是有误导性的,因为它暗示着所有的问题都发生在脖子以上。对于抑郁症,尤其是焦虑症,许多问题可能产生自头脑,恶化于头脑,但也有生理上的症状。

例如,英国国民保健署网站给出的广泛性焦虑症①的心理症状如下:

烦躁

恐惧感

紧张不安

难以集中注意力

易怒

---

① 指经常为小事而感到持续焦虑的状态,这种焦虑与周围任何特定的情景都没有关系,而一般是由过度的担忧引起。

不耐烦

注意力分散

但有趣的是，国民保健署给出了一个更长的生理症状列表：

头晕

昏昏欲睡

针刺感

不规则心跳（心悸）

肌肉疼痛、紧张

口干舌燥

出汗过多

呼吸急促

胃痛

恶心

腹泻

头痛

过度口渴

小便频繁

痛经，月经推迟

入睡困难，易醒（失眠）

有一个症状没有出现在英国国民保健署的列表中，它既是生理症状也是心理症状——失真感。你感觉不真实，不在自己的身体里，好像你是从外面某个地方控制着你的身体。你跟自己身体间的距离，就像作家和他虚构的、半自传体的主人公之间的距离。你失去了自我的中心。它是一种头脑和身体的共同感觉。这再次证明粗暴地区分心理和生理是错误的、过分简化的，甚至可能是部分病因。

名人

抑郁症让你感觉孤独,但如果你能认识到"孤独"只是抑郁症的主要症状之一,就不会有那么强烈的孤独感了。因为名人圈的忏悔文化,我们得以了解很多名人都患有精神疾病。其实听到越多这样的信息,对我们越有益处。

好吧,这也不是绝对的。作为一名作家,我不太乐意想到欧内斯特·海明威(Ernest Hemingway)用他的枪干了什么,西尔维娅·普拉斯烤箱中的脑袋,凡·高和他的耳朵。当我听说我喜爱的当代作家大卫·福斯特·华莱士[①]于2008年9月12日上吊自杀,竟导致了我在病情好转之后最严重的一次抑郁症发作。不仅是作家。罗宾·威廉姆斯[②]的死讯让包括我在内的上千万人悲痛、害怕,似乎我们每个人都有

[①] 大卫·福斯特·华莱士(David Foster Wallace,1962—2008),美国小说家,代表作品有《无尽的玩笑》等。
[②] 罗宾·威廉姆斯(Robin Williams,1951—2014),美国著名演员、喜剧电影导演,代表作品有《死亡诗社》《心灵捕手》等。

可能以相同的方式了结自己。

幸好,大多数抑郁症患者(甚至大多数患抑郁症的名人)不是死于自杀。马克·吐温(Mark Twain)患有抑郁症,死于心脏病。田纳西·威廉斯[①]意外吞食了他常用的滴眼剂瓶盖,窒息死亡。

有时候,浏览一下这些人名就很让人安慰,他们饱受抑郁症折磨,但他们的事业不乏美好:

巴兹·奥尔德林(Buzz Aldrin)

哈莉·贝瑞(Halle Berry)

扎克·布拉夫(Zach Braff)

拉塞尔·布兰德(Russell Brand)

弗兰克·布鲁诺(Frank Bruno)

阿拉斯泰尔·坎贝尔(Alastair Campbell)

金·凯瑞(Jim Carrey)

温斯顿·丘吉尔(Winston Churchill)

理查德·德莱福斯(Richard Dreyfuss)

凯丽·费雪(Carrie Fisher)

F. S. 菲茨杰拉德(F. Scott Fitzgerald)

斯蒂芬·弗雷(Stephen Fry)

---

① 田纳西·威廉斯(Tennessee Williams,1911—1983),美国剧作家,与尤金·奥尼尔和阿瑟·米勒并称美国20世纪最伟大的三大戏剧家。

朱迪·加兰（Judy Garland）

乔恩·哈姆（Jon Hamm）

安妮·海瑟薇（Anne Hathaway）

比利·乔（Billy Joel）

安吉丽娜·朱莉（Angelina Jolie）

斯蒂芬·金（Stephen King）

亚伯拉罕·林肯（Abraham Lincoln）

沃尔夫冈·阿马多伊斯·莫扎特（Wolfgang Amadeus Mozart）

艾萨克·牛顿（Isaac Newton）

阿尔·帕西诺（Al Pacino）

格温妮斯·帕特洛（Gwyneth Paltrow）

多莉·帕顿（Dolly Parton）

戴安娜王妃（Princess Diana）

克里斯蒂娜·里奇（Christina Ricci）

泰迪·罗斯福（Teddy Roosevelt）

威诺纳·赖德（Winona Ryder）

波姬·小丝（Brooke Shields）

查尔斯·舒尔茨（Charles Shulz）

本·斯蒂勒（Ben Stiller）

威廉·斯泰伦（William Styron）

艾玛·汤普森（Emma Thompson）

乌玛·瑟曼（Uma Thurman）

马库斯·特雷斯柯西克（Marcus Trescothick）

鲁比·瓦克斯（Ruby Wax）

罗比·威廉姆斯（Robbie Williams）

田纳西·威廉斯（Tennessee Williams）

凯瑟琳·泽塔-琼斯（Catherine Zeta-Jones）

这个名单告诉了我们什么？是总理、总统、板球运动员、剧作家、拳击手、好莱坞喜剧明星都会得抑郁症吗？可这不是新闻啊。还有呢？名望和金钱并不能让你对精神疾病免疫？这也不是新闻。也许重点不在于学到了什么，而在于当我们知道金·凯瑞吃过百忧解，莱娅公主[①]得过躁郁症时，我们会得到些许安慰，因为抑郁症真的可能发生在任何人身上。

我记得有一次坐在牙医候诊室，读了一篇哈莉·贝瑞[②]的采访。她很坦诚地说，她曾坐在车库的轿车里，试图通过一氧化碳中毒自杀。她告诉记者，她没成功，因为害怕妈妈看见她那个样子。

---

① 莱娅公主（Princess Leia），电影《星球大战》中的重要角色，是一名巾帼不让须眉的战斗英雄，饰演这个角色的是上述名单中的美国著名女演员凯丽·费雪。
② 哈莉·贝瑞（Halle Berry，1966— ）美国女演员，代表作品有《云图》《X战警：逆转未来》等。

看见杂志里的她微笑着，看起来很坚强的样子，我好像也受到了鼓舞。这也许是图像处理制造的幻觉，但至少她还活着，似乎是快乐的，而且她跟我一样都是人类的一员。我们都喜欢看重获新生的故事，喜欢"起落起"的故事结构，明星杂志乐此不疲地报道这类故事。

大众对患抑郁症的名人有太多偏见，似乎一个人只要获得了成功和金钱，就对精神疾病有免疫力了。那其他疾病呢？难道名人就不会得感冒？抑郁症可以是毫无来由的。

抑郁症还让你有内疚感。它对你说，"瞧瞧你的人生多美好，你有完美的男友／女友／丈夫／妻子／孩子／狗狗／沙发／粉丝／工作／健康／罗马假日／即将还完贷款的房子／没离婚的父母……"

事实上，外部条件的完美可能会加重抑郁症，因为它会使"你是什么感觉"和"你应该是什么感觉"之间的差距变得更大。如果你的抑郁程度和战俘营里的犯人一样，而你又不是战俘营里的犯人，你生活在一个自由的国度，住在一个漂亮的半独立式别墅里，那么你会想，"该死，我得到了想要的一切，为什么不快乐？"

你会像传声头像乐队[①]的歌里唱的那样，住在漂亮的房子里，有一个漂亮的妻子，却纳闷自己是怎么到这儿来的。

---

① 传声头像乐队（Talking Heads），由领队大卫·伯恩（David Byrne）建立于1975年的美国新浪潮乐队。

你冷眼旁观着自己的生活，纳闷你怎么就站在了顶峰，你疑惑是不是缺失了什么，是不是你想要的都是错误的，智能手机、舒适的卫生间、高端的电视机，这些是不是问题而并非答案？你以为物质是梯子，其实它是滑梯，带你滑入深渊。正如佛教教诲我们的，对物质的过度依恋只会带来更多痛苦。

有人说，疯狂是对这个疯狂世界的合理反应。也许从某种意义上说，抑郁症也只是对我们无法理解的人生的合理反应。当然，没有人完全理解自己的人生。抑郁症最恼人的特质是让你无可避免地思考人生。抑郁症让我们都成为思想家，问问亚伯拉罕·林肯就知道了。

亚伯拉罕·林肯和可怕的礼物

亚伯拉罕·林肯32岁时宣布:"现在我是最痛苦的人。"那时他经历了两次抑郁症发作,精神崩溃。

如果把我的感觉平均分配给全人类,地球上将不再有一张欢喜的脸。我不知道我能否好转,我不允许我不好转。继续现状是不可能的。要么死亡,要么好转。

当然,尽管林肯公开宣称了他不畏惧自杀,他也并没有自杀,他选择了活着。《大西洋月刊》(The Atlantic)刊登过一篇文章《林肯的伟大抑郁》(Lincoln's Great Depression),作者是乔舒亚·沃尔夫·申克(Joshua Wolf Shenk)。文章中,申克探讨了抑郁症是如何逼迫林肯更深刻地理解人生的:

林肯坚决地直面他的恐惧。从二十多岁到三十多岁,他对自身恐惧的理解越来越深入,思考着阿尔贝·加缪所说的

"人类面对的唯一重要问题"。他质问自己是否能活着,是否能面对生命之悲惨。最终他决定,他必须……他有一种"不可抑制的渴望"——要在活着的时候做出一番成就。

他显然是一个举足轻重的人,历史上最重要的人物之一。他征战过心灵的战场,也征战过人间的战场。也许正是对痛苦的切肤感受,赋予了他一颗怜悯之心,驱使着他去改革奴隶制度。("每当我听见有人为奴隶制辩护,我就特别想让他亲身体验一下做奴隶的感觉。"他说。)

林肯不是唯一一个与抑郁症抗争过的著名领袖。温斯顿·丘吉尔大半生都与"黑狗"[1]朝夕相伴。有一次欣赏篝火,他对手下一名年轻的研究员说:"我知道木柴为什么噼啪作响。我知道被烧毁的感觉是什么样的。"

他的确知道。论事业成就,丘吉尔是有史以来最积极进取的人之一。然而他毕生被抑郁和黑暗缠绕。我最喜爱的非虚构作家〔读过《刍狗》(*Straw Dogs*)你就知道为什么了〕、政治哲学家约翰·格雷(John Gray)认为,丘吉尔不是因为"克服了"抑郁症才成为杰出的战争领袖,而是对抗抑郁症的经历成就了他。

在为英国广播公司(BBC)写的一篇文章中,格雷论述

---

[1] "黑狗"一词出自丘吉尔的名言:"心中的抑郁就像只黑狗,一有机会就咬住我不放。"后成为英语世界中抑郁症的代名词。

道，正是丘吉尔对强烈情绪"非比寻常的开放性"，才使他能觉察到一般人看不见的危险。"大多数政客和意见领袖都试图安抚希特勒，对他们来说，纳粹主义不过是德国爱国主义的一种喧嚣表达。"格雷写道。需要有一个不寻常的头脑，来辨别一个不寻常的威胁，"他对恐惧的预见能力，归功于黑狗的纠缠。"

是的，抑郁症是一场噩梦。但它可不可以也是一场有用的噩梦？一场以多样化的方式改进世界的噩梦？

有时，抑郁症、焦虑症和生产力之间的关联是不可否认的。比如爱德华·蒙克①的名画《呐喊》（*The Scream*），这幅画不仅是对惊恐发作最精确的视觉刻画，而且据画家自己说，它的创作灵感就来自一次存在性恐惧。画家在日记里这样写道：

日落时我走在街上，突然，天空变成了血红色。我停下来，倚着栏杆，感到无法言说的疲倦。火舌和血液弥漫着蓝黑色的峡湾。朋友们渐渐走远，我落在后面，恐惧地颤抖。然后我听见大自然响彻天际、无边无垠的呐喊。

即使我们无法找到抑郁症直接导致某个天才作品诞生

---

① 爱德华·蒙克（Edvard Munch，1863—1944），挪威艺术家，现代表现主义绘画先驱。

的确凿证据，我们也无法忽视有那么多伟人对抗过抑郁症的事实。即使刨去普拉斯、海明威、伍尔夫这些因抑郁症自杀的，患有抑郁症的名人也不胜枚举。在很多情况下，他们的病和作品之间存在不可忽视的关联。

弗洛伊德（Freud）的许多著作以他对自身抑郁症的分析和治疗为基础。可卡因是他的解药，但当他把可卡因分发给其他患者后，才意识到它的成瘾性。

弗兰兹·卡夫卡（Franz Kafka）是另一位著名的抑郁症患者。他毕生患有社交焦虑症和抑郁症。他还是疑病症患者，恐惧身体和精神上的一切变化。但得过疑病症不代表不会真的生病，34岁时，卡夫卡感染了肺结核。有趣的是，那些加重他抑郁的活动——游泳、骑马、远足，都是有益于身体健康的活动。

显然，他作品中呈现的幽闭恐惧和无力感（通常被人解释为政治隐喻），来源于一种让人感到幽闭恐惧的疾病。

《变形记》（*The Metamorphosis*）是卡夫卡的代表作。一个推销员醒来时发现自己变身为一个巨大的甲虫，他起晚了，上班要迟到了。的确，这是一个反映资本主义社会"非人化"现象的故事，但它也可以被诠释对最具卡夫卡风格的疾病——抑郁症——的隐喻。就像主人公格里高尔·萨姆沙（Gregor Samsa）一样，抑郁症患者有时会醒来感觉自己完全变了，变得不认识自己，被困在一个噩梦里。

没有了深切的精神苦痛，艾米莉·狄金森还能写出那首《我觉得脑子里有一场葬礼》（*I felt a Funeral, in my Brain*）吗？当然，大多数抑郁症患者不会成为林肯、狄金森、丘吉尔、蒙克、弗洛伊德、卡夫卡、马克·吐温、西尔维娅·普拉斯、乔治亚·欧姬芙、伊恩·柯蒂斯、科特·柯本。但大多数正常人也不会成为他们。

涉及精神疾病时，人们通常使用"尽管"一词，某某人取得了这样那样的成就，尽管患有抑郁症（或焦虑症、强迫症、旷野恐惧症等）。然而有时候"尽管"应该改成"因为"，比如，我写作，因为我有抑郁症。以前我不是一名作家。我不具备那种以不屈不挠的好奇心和精力去探索事物的专注度。恐惧让我们好奇。悲伤让我们思索。（"生存还是死亡？"这是抑郁症患者每天都在思考的问题。）

亚伯拉罕·林肯终生患有抑郁症，从未摆脱，他与抑郁症并肩生活，取得了伟大成就。"林肯的伟大成就不是一种对个人痛苦的征服，"乔舒亚·沃尔夫·申克写道，"他的痛苦和成就来源于同一个东西……不是因为他征服了抑郁症，所以才取得了伟大成就，他的抑郁症就是他伟大成就的动力。"

即使我们摆脱不了抑郁症，也可以学着利用这个拜伦（Byron）口中的"可怕的礼物"。

我们不必像丘吉尔和林肯那样，利用它统治一个国家，甚至不必用它去完成一幅美丽的画作。

把它用在日常生活中就很好了。比如，我发现冷静地认知死亡可以让我更坚定地享受生命，珍惜和孩子、爱人在一起的宝贵时光。抑郁症增加了痛苦的强度，却也能增加幸福的强度。

抑郁症的溢出效应，除了在艺术和政治方面给人增添活力之外，还有无数种其他表现形式。它们大部分都不会让你出名，但通常会在夺走一些东西的同时，也留下一些馈赠。

抑郁症是……

内战。

黑狗(谢谢温斯顿·丘吉尔和约翰森博士)。

黑洞。

隐形的火。

高压锅。

内心的魔鬼。

监狱。

缺席。

钟罩("我坐在玻璃钟罩里,"普拉斯写道,"在我的酸馊气味里炖煮。")。

大脑操作系统里的恶意代码。

平行宇宙。

一生的战斗。

死亡的副产品。

活的梦魇。

回音室。

黑暗、绝望、孤独。

古代人大脑和现代人大脑的撞击（进化心理学）。

痛苦得要死。

抑郁症还是……

比你渺小的东西。

它一直都比你渺小,即使有时候感觉上很庞大。它在你体内运行,你不在它体内运行。抑郁症也许是天空中飘过的一片乌云,而你是整个天空。

乌云出现之前就有天空。乌云脱离了天空是不能存在的,而天空没有了乌云依然是天空。

跨越时间的对话（三）

那时的我：太可怕了。

现在的我：什么可怕？

那时的我：生活，我的头脑。我无法承受它们的重量。

现在的我：嘘，停止这种想法。你只是被困在一个时刻里，会改变的。

那时的我：安德莉亚将会离我而去。

现在的我：不，不，她不会的。她会嫁给你。

那时的我：哈！有人愿意跟我这么一个没用的怪胎在一起吗？

现在的我：有。听我说，你在进步。现在你去商店，不会惊恐发作。你不会一直有那种沉重感的。

那时的我：才怪。

现在的我：真的。上周我在公园散步的时候，阳光很好，我感觉很轻松。那一刻我什么都没想。

那时的我：嗯，还真是，我也有过这样一个早晨。我躺在床上，脑子里只想着家里还有没有麦片。那一刻，我很正常，持续了一分钟。只是躺着，想着早餐。

现在的我：看见了吧？情况不会一成不变的。

那时的我：我的情绪还是很强烈。

现在的我：这就是你。你的情绪会一直这么强烈。抑郁症也总是会潜伏在那里，谋划着下一次袭击。但是前面还有这么丰富多彩的生活等着你去体验。抑郁症让你知道，一天的时间可以变得如此漫长而强烈。

那时的我：上帝啊，确实是这样。

现在的我：挺好啊，别担心时间的流逝。一天之中蕴含无限。

那时的我：即便我身处果壳之中，仍自以为是无限宇宙之王。①

现在的我：哈姆雷特？很厉害哦。我现在都忘了这些句子了。大学毕业都好多年了。

那时的我：我开始相信你了。

现在的我：谢谢你。

那时的我：我的意思是，你存在的可能性。在 10 年后我仍活着的可能性。我感觉好多了。

现在的我：是真的。你还活着。你还有自己的小家庭，

---

① 此句为莎士比亚作品《哈姆雷特》中的经典名句。

有属于自己的事业、生活。不完美。没有谁的生活是完美的。但它是你的生活。

那时的我：我想要证据。

现在的我：我没法证明。又没有时光机。

那时的我：是啊，看来我只能祈祷了。

现在的我：是的，要有信心。

那时的我：我会努力的。

现在的我：你已经有信心了。

4
活着

心会破碎，但却破碎地活着。

——拜伦，《恰尔德·哈洛尔德游记》

(*Childe Harold's Pilgrimage*)

世界

这个世界在蓄意催人抑郁,因为快乐对经济不利。如果现有的一切就让我们很快乐,我们何必追求更多?

怎样卖掉抗衰老的润肤霜?让人们担心衰老。怎样让人们为政党投票?让他们担心移民。怎样让人们买保险?让他们担心一切。怎样让人们做整容手术?突出他们的身体缺陷。怎样让人们看某个电视节目?让他们担心错过好戏。怎样让人们买新手机?让他们感觉自己落伍了。在当下这个时代,平静反而变成了一种标新立异。安于现状,满足于我们混乱的人类自我,对商业不利。

可是我们没法逃到另一个世界。事实上,如果你细细看去,就会发现那个充斥着物质和广告的世界并不是真正的生活。生活是其余的东西,是你把所有这些玩意儿扯掉(或至少暂时无视)之后剩下的东西。

生活的意义在于爱你的人。没有谁会为了一部苹果手机活着,手机另一端连接的人才重要。

一旦我们开始复原，重新找到生命的意义，我们会长出一双全新的眼睛。我们会看得更清晰，开始察觉到过去无法察觉的东西。

蘑菇云

我从未预见到，24岁的我将会遭受焦虑症和抑郁症的双重打击。但其实我应该预见到的，警告信号一直都在，比如青春期的那些绝望的瞬间，比如对一切事物持续不断的担忧。在我就读于赫尔大学期间，有更多的警告信号出现。但警告信号的问题是，我们只能根据过去进行猜测，如果某件事还未发生，我们很难推测它是否会发生。

患过抑郁症的好处是，你会了解抑郁症都有哪些迹象。回想起来，我上大学时有很多这类迹象的，但我从未留意过。

那时我常常坐在大学图书馆的五层，眼神放空，惊恐地想象着蘑菇云从地平线上升起。偶尔我会有一种异样的感觉，我感到我的身体边缘模糊了，就像一幅行走的水彩画。还有现在想想，那时候的确需要喝很多酒。

那时我甚至还有过一次惊恐发作，不过没有后来的那些严重。事情是这样的。

大学期间，我在主修文学和历史双学位之余，还选修了艺术史课程。选课时我没有意识到，这意味着本学期我必须做一次关于现代艺术运动的报告（我选择了立体主义）。

这听起来好像没什么，但我对它恐惧得要命。我一直都害怕表演和演讲，但那种恐惧跟我对这个报告的恐惧没法比。我简直忍受不了这个念头——我将不得不站在一屋子人面前，大概十二三个人，对着他们说二十分钟的话，这些人会积极地揣摩我、关注我、听着从我嘴里冒出的每一个字。

"每个人都会紧张的，"妈妈在电话里对我说，"没问题的。冬天来了，春天还会远吗？"

可是她又知道什么？

万一我流鼻血呢？万一我根本讲不出话呢？万一我小便失禁呢？我还有一些别的担忧。Picabia①怎么发音？乔治·布拉克②的《静物画》(*Nature morte*)我应该用法语念吗？

大约五周时间，我被这个报告弄得心神不宁。我不能不做报告，因为是要打分的，算是作业的一部分。我尤其担心的是，我必须一边讲话一边放幻灯片。万一我把幻灯片上下颠倒了呢？万一我讲的是胡安·格里斯③的《毕加索的肖像》

---

① 此处应指法国画家弗朗西斯·皮卡比亚（Francis Picabia）。
② 乔治·布拉克（Georges Braque，1882—1963），法国画家，与毕加索共同发起立体主义绘画运动。
③ 胡安·格里斯（Juan Gris，1887—1927），西班牙立体主义绘画大师。

（Portrait of Picasso），放的却是毕加索的画呢？似乎有无限的噩梦可能。

就像我要讲述的那场艺术运动一样，我的头脑也离经叛道了。

那一天到来了。1997年3月17日，星期一。这一天看起来跟我在赫尔度过的很多单调日子没什么差别，但这平静的外表不过是假象，我在空气中嗅到了威胁的味道。我感觉周遭的一切事物，甚至学生宿舍的家具，都是用来对付我的秘密武器。读哥特文学课上的《德古拉》（Dracula）也无济于事。（"我满心惊异，我怀疑、恐惧、想法怪异，我不敢向自己的灵魂坦白我的想法。"）

"你总可以假装生病啊。"我的新女友、未来的妻子安德莉亚说。

"不，我不可以。要打分的，要打分的！"

"上帝啊，马特，冷静。你有点小题大做了。"

我跑到药店，买了一包"自然静"（Natracalm）。一共24片药，我吞下去一多半。（我想是16片，两板，味道像草和粉笔。）我等待着平静如约而至。

然而平静没出现，瘙痒出现了，皮疹出现了。

我的脖子上、手上全起了皮疹，鲜红色的斑点，皮肤又痒又烫。报告会两点十五分就开始了。也许皮疹是应激反应，也许我需要点别的东西让我冷静下来。我跑去酒吧，喝了一品脱淡啤酒、双份伏特加和柠檬,又抽了一根烟。报告会开始前10分钟,我在历史系的卫生间里,凝视着某个蠢货画在金色木门上的纳粹标记。

我的脖子红得更厉害了。我躲在卫生间,对着镜子里的自己无声地练习着。

我感觉到时间的力量,那是一种坚如磐石的力量。

"停。"我低声说。即使我这样哀求,时间还是不肯停下。

然后我做了报告。没错,就是那个报告。我说话结结巴巴的,声音虚弱得像一片秋天的落叶。幻灯片弄错了几次。除了写在发言稿上的内容,我没有多说一句。大家没有窃笑我的皮疹,只是看起来非常、非常不自在。

报告进行到一半,我进入了游离状态,失去了真实感。那根连接肉体和灵魂的线被剪断了,像氢气球一样飘远了。我想这就是所谓的灵魂出窍吧。我在教室里,飘浮在身体的上空、两边,甚至无处不在。在自我意识过剩的状态下,我观察着、聆听着自己,同时冲出了自我。

我想,这是一次惊恐发作,我第一次正儿八经的惊恐发作,虽然程度远远不及在伊比萨或父母家时。它原本可以成为一个警告信号,但很遗憾,因为我的惊恐是有原因的。好吧,也算不上有原因,但至少我认为有。如果你的惊恐发作是有原因的——狮子追在你身后,电梯门打不开,不知道chiaroscuro(明暗对比法)如何发音——那么它就不算是真正的惊恐发作，而是对可怕状况合乎常理的反应。

毫无理由的惊恐，是疯狂的。有理由的惊恐，是正常的。我暂且还站在正常这一边。

勉强。

在当下看到未来总是很难的，即使它就摆在我们眼前。

大"焦虑"

焦虑症是抑郁症的好伙伴。半数的抑郁症都伴有焦虑。有时焦虑症触发抑郁症；有时抑郁症触发焦虑症；有时二者同时存在，像一场噩梦联姻。

当然，只有焦虑症没有抑郁症，或者只有抑郁症没有焦虑症，也是完全可能的。

焦虑症和抑郁症是一个有趣的混合体。在很多方面，它们是截然对立的体验。然而将二者混合，也并不能得到中和的效果。恰恰相反，焦虑常常沸腾为惊恐，成为一场快进的噩梦。

与抑郁症相比，焦虑症更容易因受外界影响而恶化，比如周遭的事物和21世纪的生活方式。

智能手机。广告（想起大卫·福斯特·华莱士的一句名言："广告的目的，是制造一种能被购物缓解的焦虑。"）。推特粉丝。脸书点赞数。图片分享。信息超载。待回复的邮件。手机社交软件。战争。科技的飞速发展。城市规划。气候变化。拥挤的公共交通。关于"后抗生素时代"①的文章。修过图的封面模特。

谷歌引发的疑病症。无限的选择("焦虑是因自由而产生的晕眩。"——索伦·克尔凯郭尔②)。网上购物。关于该不该吃黄油的争论。原子化社会。那些我们要看的美剧、要读的获奖书、没听说过的明星。所有让我们感到缺失的事物。瞬间的满足。持续的注意力干扰。工作、工作、工作。24小时的一切。

也许想要真正与现代社会合拍,焦虑是不可避免的。但在这里我们必须再次区分焦虑和焦虑症。

我一直都是一个焦虑的人。小时候,我常常担忧死亡,担忧的程度远远超过正常的小孩子。10岁的我还经常钻进父母的被窝,告诉他们我害怕得无法入睡,怕我醒来后失去了视觉或听觉。我常常为了要见生人而担忧。星期日晚上我会担忧得肚子疼,害怕星期一的到来。14岁时,因为感到音乐不如我小时候听的那么好了,我甚至哭了出来。说我是一个敏感的孩子,一点都不为过。

焦虑,还有我被确诊的广泛性焦虑症和惊恐障碍,真的

---

① 指当今越来越多的细菌对抗生素产生了耐药性,人类恐将进入一个无抗生素可用的时代。

② 索伦·奥贝·克尔凯郭尔(Søren Kierkegaard,1813—1855),丹麦神学家、哲学家及作家,一般被视为存在主义之父。

能够令人绝望。它给人的感觉有时就像一场全天候的七级强风。尽管如此,从我的个人经验来看,焦虑症还是比抑郁症更加可治愈。

慢下来

假如你患焦虑症，或者是伴有焦虑的高速版抑郁症，你可以通过多种途径来治疗，吃药就是其中的一种。对部分人来说，药物确实是不折不扣的救命稻草。但我们都知道，判断一种药是否合适是个很棘手的问题，因为脑科学本身还不够发达。

活人大脑机制的分析工具CAT（计算机化X射线轴向分层造影）扫描和MRI（核磁共振造影）扫描问世才几十年。当然，这些工具擅于提供彩色、漂亮的大脑图片，还能告诉我们大脑的哪些部分最为活跃。它们能指出，当我们吃巧克力棒时是哪个部分负责提供快感，听见婴儿啼哭时又是哪个部分在制造压力。很聪明，但它们也有缺陷。"大部分大脑区域在不同时刻担任不同的职能，"《停不下来的人》（*The Man Who Couldn't Stop*）的作者大卫·亚当博士（Dr David Adam）说道，"比如，杏仁体（amygdala）既能引发性兴奋又能引发恐惧，但核磁共振扫描不能分辨激情和恐惧。当我们看见卡梅隆·迪亚兹（Cameron Diaz）或布拉德·皮特（Brad Pitt）的照片，杏仁体亮起时，难道我们是在恐惧他们吗？"

因此，工具是不完美的。神经科学也是不完美的。

我们对大脑有一定的了解，但更多的是未知。也许正是因为缺乏真正的理解，至今还有人觉得患上精神疾病是羞耻的。哪里有神秘，哪里就有恐惧。

归根结底，没有一种药物是百分百有效的。有效的药物是存在的，但只有骗子才会说它们每次都管用，或者总是你理想的选择。没有其他辅助治疗，仅凭药物治好一个人的状况是很少见的。不过对于焦虑症，似乎真的有一样东西对任何人都管用。

它就是：慢下来。焦虑症让你的头脑处于快进状态，而非正常的播放速度，要想让这个快进速度慢下来并不容易，但慢下来真的有用。焦虑症把我们保持正常心智所需的逗号、句号都抽掉了，下面是一些把逗号、句号添回去的方法：

瑜伽。以前的我对瑜伽唯恐避之不及，现在的我成了瑜伽信徒。瑜伽很棒，与其他疗法不同，它把头脑和身体当作一个整体来治疗。

减慢呼吸。不需要深呼吸。轻柔地呼吸。吸气 5 秒钟，呼气 5 秒钟。坚持下来比较难，但放松的呼吸能有效避免惊恐发作。太多的焦虑症症状——头晕、针刺感、麻刺感——都与呼吸急促直接相关。

冥想。不需要吟诵经文。坐下来，花 5 分钟时间，试着想象一个让你平静的事物，一艘停泊在闪闪发光的海面的船，爱人的面庞。或者只是专注于你的呼吸。

接纳。不要抗争，只是感觉。紧张源于对立，放松源于放手。

活在当下。冥想大师阿米特·雷（Amit Ray）说："如果你想征服生命中的焦虑，活在当下，活在每一个呼吸里。"

爱。西班牙作家阿娜伊斯·宁（Anaïs Nin）认为焦虑是"爱的最大杀手"。幸运的是，爱也是焦虑的最大杀手。焦虑是一种疾病，把我们束缚在自己的噩梦里。爱是向外的作用力，是我们挣脱恐惧的通道。虽然常有人误解，但焦虑不等于自私。如果你的腿着了火，你自然会满心都是疼痛感和对火的恐惧，不能说这样就是自私。患精神疾病的人完全沉浸于自身，并不是因为他们本质上比别人更自私。当然不是。那是因为他们内心有着如万箭穿心一般的疼痛，无法挣脱。爱人与被爱对他们会有极大的帮助。这种爱不一定要是浪漫的爱情，甚至无须是家人之爱，只要学着用爱的目光看这个世界就够了。爱是一种生命态度，爱可以拯救彼此。

高峰和低谷

我曾说过,每当我惊恐发作时,我都希望有个切实的危险存在。如果你的惊恐发作是有原因的,那它就不算是惊恐发作,而是对可怕情境的合理反应。同样地,每当我感到即将滑入沉重的、无边无际的悲伤时,我也都希望有个外部原因。

然而,随着时光流逝,我懂了一些以前不懂的道理。我懂得向下不是唯一的方向。如果你坚守在那里,忍耐住,情况会变好的。会变好,然后又变糟,然后又变好。

正如我住在父母家里时,一个顺势疗法医生告诉我的,"高峰,低谷,高峰,低谷。"(她的这句话比她的药酒更管用。)

插入语

（抑郁症是个奇怪的东西。即使在我书写这些文字的当下，距离我的最低谷已经过去了14年，我仍没有完全逃脱。你能走出来，但与此同时你永远走不出来。它还会时常闪现，在你困倦、焦虑、吃错食物的时候，给你来个突然袭击。几天前，它在我睡醒时降临了。我感觉到脑袋周围丝丝缕缕的黑暗，那种不祥的恐怖感。但是，在和世界上最可爱的孩子度过一个早上后，它退去了。在我的生活中，它是个旁白。括号里的插入语。我获得的人生一课：我们从来没办法只靠自己走出困境。）

派对

我有十年害怕得不敢去派对。是的,我这个在伊比萨那欧洲最大、最狂野的周末派对工作过的人,害怕派对。我没办法走进一屋子端着红酒杯的快乐人群,那一定会让我惊恐发作。

出版第一本书后不久,因为担心很快会被出版社抛弃,我感到自己有义务参加一个文学界的圣诞派对。那次我没喝酒,因为还是非常害怕酒。我走进一个房间,立刻感觉有些自卑,因为房间内像查蒂·史密斯[①]、大卫·巴蒂尔[②]、格拉汉姆·史威夫特[③]这样才华横溢的名人似乎比比皆是。

当然,走进满屋子都是人的房间本就不易。当其他人都在各自的小圈子里高谈阔论、言笑晏晏时,我却像一个孤独

[①] 查蒂·史密斯(Zadie Smith, 1975—),英国小说家。
[②] 大卫·巴蒂尔(David Baddiel, 1964—),英国喜剧演员、小说家、电视制作人。
[③] 格拉汉姆·史威夫特(Graham Swift, 1949—),英国小说家,曾凭小说《天堂酒吧》获得布克奖。

的知识分子一样彷徨不定，尴尬得不知道该往哪里走。

我站在房间中央，想找到个我认识他、他也认识我的人，可是找不到。我手握一杯带气矿泉水（我不敢沾一点咖啡因和糖），努力说服自己——我的尴尬证明我是天才。毕竟，济慈、贝多芬和夏洛蒂·勃朗特都厌恶派对。然而我又意识到，历史上恐怕有上千万个非天才也厌恶派对。

有几秒钟，我不小心和查蒂·史密斯四目相对了，接着她转身离开了。她显然在想这个人好怪异。文学皇后认为我是个怪胎！

今天这场派对的191年之前，就在几英里之外的地方，济慈坐下来给友人理查德·伍德豪斯（Richard Woodhouse）写了一封信。

"当我与很多人共处一室时，"他写道，"如果让我猜测我的头脑发生了什么变化，我会说，我已经不是我自己了，房间里每个人的特质都向我扑过来，我很快就被全面击溃了。"

我站在那里，杯子里二氧化碳气泡升起，我有一种被湮灭的感觉。我开始不十分确定自己究竟在哪儿，身体轻飘飘的。来了，旧病复发了。几周，也许几个月的抑郁在等着我。

呼吸，我告诉自己，呼吸就好。

我需要安德莉亚。空气变稀薄了。我处在危险地带。完了，我跨过了事件视界①，掉进了自己制造的黑洞。

我把杯子放到桌上，逃出了那里。外套落在了衣帽间，估计它直到今天也还在那里挂着。我一脚踏入伦敦的夜，奔跑着来到不远处的咖啡馆，安德莉亚在那里等我，我的救世主安德莉亚。

"怎么回事？"她问，"我以为你会待上一个小时呢。"

"我做不到，我必须离开那儿。"

"好吧，你已经出来了。感觉怎么样？"

我想了想。我感觉怎么样？很显然，我现在就像个白痴，不过我的惊恐发作消失了。过去，我的惊恐发作从不会消失，只会化身为更多惊恐发作，将我打倒，直到抑郁症降临，殖民我的头脑。然而这次没有，我感觉相当正常。我是一个对派对过敏的正常人。我以为我会死在里面，但其实我只是想逃离那个房子。至少我一开始敢走进去，这本身就是进步了。一年后，我不仅可以参加派对，而且还能一个人前往。有时候在这条磕磕绊绊的康复之路上，那些你感觉是失败的，可能恰恰帮你向前迈了一步。

---

① 一种时空的曲隔界线，黑洞最外层的边界。

＃活下去的理由＃

我在网上问有过抑郁症、焦虑、自杀想法的人："是什么让你活下去？"

这些是他们活下去的理由：

@Matineegirl

朋友，家人，接纳，分享，知道抑郁终将离去。＃活下去的理由＃

@mannyliz

我的孩子们。他们不想有一个偶尔不想活的妈妈。

@groznez

＃活下去的理由＃瑜伽。不能没有它。

@Ginny_Bradwell

#活下去的理由# 意识到生病是自然的,没有速效药。

@AlRedboots

死掉之后留下的空洞会比活着承受的痛苦更大。#活下去的理由#

@LeeJamesHarrison

为了偶尔出现的,那些高清晰的美好日子和瞬间。

@H3llInHighH33ls

那些浓雾散去的时光,一片晴好。#活下去的理由#

@simone_mc

我的#活下去的理由#?未来。未知的国度。去发现、遇见其他热衷于引用老掉牙的《星际迷航》(*Star Trek*)台词的人。

@Erastes

#活下去的理由# 过了12月21日,白天就越来越长。在黑夜里,我紧紧抓住这个信念。

@PixleTVPi

我活下去的唯一理由是我最好的朋友。#活下去的理由#

@paperbookmarks

虽然我一直痛苦着,但我身边有最忠诚的后援团支持着我,还有最棒的书可以读。#活下去的理由#

@ameliasnelling

#活下去的理由# 我还没去过冰岛,我的骨灰将撒在那里。

@debecca

#活下去的理由# 癌症、躁郁症,还有其他想让我早死的疾病,你们去死吧!

@vivatrampv

外科医生那么卖力手术,给了我一个未来,我值得拥有这样的未来。#活下去的理由#

@lillianharpl

#活下去的理由# 因为选择了另一边就无法挽回了。

@NickiDavies

我是个古怪、乐观的抑郁症患者！即使情况真的很糟糕，我依然相信一切会好的。#活下去的理由#

@Leilah_Makes

习惯能让我舒心。它给了我一点控制感。#活下去的理由#

@Doc_Megz_to_be

不确定的未来。它可能引起焦虑，但它也像一本很难预料情节的书。#活下去的理由#

@ilonacatherine

你认为自己是个废物，但不是每个人都这么认为的。相信别人。#活下去的理由#

@stueygod

音乐。#活下去的理由#

@ameliasward

阳光灿烂的早晨。#活下去的理由#

@DolinaMunro

培根卷。# 活下去的理由 #

@mirandafay

清新的空气。狗狗忠实的爱。# 活下去的理由 #

@jeebreslin

在你心里住着一个金光灿灿的你,那个人爱你,想要你赢、获胜、快乐。# 活下去的理由 #

@ylovesgok

意识到我能获得帮助。# 活下去的理由 #

@wilsonxox

日落。让灵魂震颤的音乐。# 活下去的理由 #

@MagsTheObscure

我负责照看的弟弟。因为他,我才保持了看护者的角色。他是暴风雨中的灯塔。# 活下去的理由 #

@jaras76

可能性。战胜下一个挑战。足球。# 活下去的理由 #

@HHDreamWolf

自杀可能会让我的朋友、家人变得抑郁,我可不希望他们得抑郁症。#活下去的理由#

@DebWonda

一切都会过去——痛苦过后是欢乐,温暖会融化冰雪。#活下去的理由#

@legallyogi

我上一次抑郁是严重的产后抑郁症。真的很痛苦。我的#活下去的理由#是我的家人,以及知道它会过去。

@ayaanidilsays

#活下去的理由#我的好朋友们。伟大的可能性。

@lordof1

早上总是得遛狗。#活下去的理由#

@UTBookblog

知道明天将是更好的一天。我的家人、男友、朋友们和我的待读书目!#活下去的理由#

@GoodWithoutGods

#活下去的理由# 因为 7 乘以 10 的 49 次方个原子再也不会这样排列组合了。这是个只有一次的特权。

@Book_Geek_Says

妈妈的支持，三年前在我最低谷时陪伴我的男友的支持。#活下去的理由#

@Teens22

爱是活下去最好的理由。爱自己、爱他人、爱生活、发现美好的事物。#活下去的理由#

@ZODIDOG

#活下去的理由# 那些像蓝天和阳光一样简单的日子，或是宠物龙猫的萌样。

@Halftongue

在那些糟糕的日子里，我的#活下去的理由#仅仅是"如果我死了大家会伤心愤怒的"。

@tara818

#活下去的理由# 我得喂我的宝宝。我有重度焦虑症和

产后抑郁症。只因为得喂他吃奶,所以活着。

@BeverlyBambury

我不太知道自己为什么坚持活着,但那个让自己死掉的选项并不是经常出现。是坚定的决心吗？ # 活下去的理由 #

@wolri

活下去的理由 # 理由很简单,因为我的家人和小狗,感谢丈夫在我低落时给我空间。

@Lyssa_1234

不想伤害父母、兄弟姐妹、爱人。不管我有多么绝望,我知道这些人会想念我。# 活下去的理由 #

@BlondeBookGirl

我的 # 活下去的理由 # 包括"想象我不在人世时猫咪伤心的小脸","妈妈和姐姐","那些我真的好想读的书"。

@gourenina

知道我的抑郁症不会持续到永远,总有一个出路。# 活下去的理由 #

@Despard

以前我挺好的,以后我也会变好的。# 活下去的理由 #

使我感觉更糟的事物

咖啡。

睡眠缺乏。

黑暗。

寒冷。

九月。

十月。

午后三点。

肌肉紧绷。

现代生活的节奏。

不正确的姿势。

远离我爱的人。

久坐。

广告。

被忽视的感觉。

凌晨三点醒来。

电视。

香蕉（我不知道为什么有这个，大概是个巧合）。

酒。

脸书（有时候）。

推特（有时候）。

最后期限。

编校工作。

困难的决定（你懂的，比如穿哪双袜子）。

身体不适。

认为自己抑郁了（最严重的恶性循环）。

喝水不够。

查看我作品的亚马逊排名。

查看其他作家的亚马逊排名。

一个人走进某个社交场合。

乘火车旅行。

旅馆房间。

独自一人。

使我感觉更好的事物（有时候）

正念禅修。

跑步。

瑜伽。

夏天。

睡觉。

慢呼吸。

在我爱的人身边。

读艾米莉·狄金森的诗。

读一点格雷厄姆·格林的《权力与荣耀》。

写作。

吃得健康。

长时间的泡澡或淋浴。

八十年代的电影。

听音乐。

脸书（有时候）。

推特（有时候）。

长时间散步。

"高尚的行为和热水澡"（多迪·史密斯[①]）。

做玉米饼。

明亮的天空和白墙。

读济慈的信。（"你难道不知道这满世界的痛苦和烦恼，是为了训练智慧生物，使他成为灵魂？"）

糟糕日子银行。

大房间。

做点无私的事。

面包的香味。

穿干净的衣服（行了，我是个作家，这件事比你想象的要罕见）。

想着我有我的办法。

知道其他人有其他办法。

专注于某件事。

知道别人可能会读到这些文字，我感受到的痛苦可能并非毫无意义。

[①] 多迪·史密斯（Dodie Smith，1896—1990），英国儿童文学作家、剧作家，代表作《101只斑点狗》曾被改编成动画电影《101忠狗》。"高尚的行为和热水澡是治疗抑郁症的最佳良药"是她的作品《我的秘密城堡》中的名句。

5
存在

把耳朵紧贴着你的灵魂,仔细聆听。

——安妮·塞克斯顿(Anne Sexton)

薄脸皮礼赞

我脸皮薄。

我想这是我患抑郁症和焦虑症的主要原因。或者更准确地讲,这是我有抑郁症和焦虑症倾向的主要原因。我觉得我永远不会完全从 14 年前的精神崩溃中走出来。如果石头掉落水面的力度够大,激起的涟漪会持续一辈子。

从一点都不快乐,到现在大多数时间都快乐,我是幸运的。但其间也有波折,有时候我是真的陷入了抑郁或者焦虑,而有时候却是为了掐断抑郁、焦虑的苗头,才去做一些傻事(喝得烂醉,丢了钱包,求出租车司机凌晨 5 点载我回家)。但随着日子一天天过去,我渐渐学会了不再与它们对着干。我变得更容易接受这一切。这就是我。抗争反而会让情况更糟。与抑郁症和焦虑症共处的秘诀是和它们交朋友,感激它们,才能更好地应对它们。我和它们交朋友的方式是,感谢它们给我一张薄脸皮。

是啊,如果不是薄脸皮,我不会经历那些糟糕日子里的虚无、惊恐、骨头融化了似的倦怠、自我憎恨,也不会被淹没在无形的海浪下。有时候我会自恋自哀地觉得,对这样一个高速、尖锐,充满了噪音的世界来说,自己显得太过脆弱了。(我喜欢乔纳森·罗滕伯格的抑郁症进化理论,他认为抑郁症与无法适应现代环境有关:"一个古老的情绪系统与一个非凡物种创造的高度新颖的运行环境碰撞了。")

但如果现在有一种神奇的大脑水疗能使脸皮变厚,我会去做吗?很可能不会。要想感受生命的奇迹,就得感受生命的恐怖。

今天,确切地说就是现在,一个灰暗阴沉的下午,我感受到了那幽深莫测的奇迹——在这个脆弱、碧蓝的小小行星上,包括我在内的70亿人类,聚集在村镇、城市里,尽自己最大努力度过30000天生命,微不足道又辉煌壮丽。

我喜欢感受奇迹的力量,喜欢向生命深处挖掘,喜欢通过文字的魔法和人类的魔法(和花生酱三明治①的魔法)来探索生命。我乐于感受生命喧嚣纷乱的每一秒。当我走进国家美术馆丁托列托②画作陈列室时,我的皮肤会兴奋得颤抖,心脏悸动。在读艾米莉·狄金森和马克·吐温的作品时,我的头脑、我的心都被那些旧日的美国文字温暖了。

---

① 作者在后文中提到过喜欢花生酱三明治。
② 丁托列托(Tintoretto,1518—1594),真名雅科波·康明(Jacopo Comin),是意大利文艺复兴晚期最后一位伟大的画家。

感觉真的很重要。

人们总认为思想是多么重要,其实感觉也同样重要。我想读那些让我笑,让我哭,让我恐惧、希望、对空气挥舞拳头的书。我希望一本书能够拥抱我,或者抓住我的后脖颈,我甚至不介意它朝我腹部来一拳。因为我们活在世上就为了感觉。

我想要感知生命。

我要读它、写它、感觉它、活它。

我想要在转瞬即逝的生命里,最大限度地感觉一切能被感觉的。

我恨抑郁症。我怕抑郁症,甚至恐惧它。但与此同时,它造就了今天的我。对我而言,如果抑郁症是我感知生命所要付出的代价,那我心甘情愿承受。

存在着,我心欢喜。

怎样比叔本华快乐一点

对抑郁人士最喜爱的哲学家亚瑟·叔本华来说（Arthur Schopenhauer，他影响了尼采、弗洛伊德和爱因斯坦，程度不一但都有重要影响），生命是一场徒劳的追寻："人生就好比吹肥皂泡，尽管明知一定要破灭，却还是要尽可能吹下去，吹大些。"他认为，幸福快乐是不可能的，因为我们设定了种种目标。目标是痛苦的根源。未完成的目标会导致痛苦，而实现了的目标只会带来短暂的满足。

其实若你仔细去想就会发觉，一个充满目标的人生必定是令人失望的。的确，它可能促使你前进，使你不断翻开新的篇章，但最终它会令你空虚。因为即使你达到了你的目标，又如何？也许你得到了你缺乏的东西，但得到了又如何？你可能会制定下一个目标，担心着如何一直拥有你的东西；还可能会想，我想要得到的一切都得到了，为什么我不快乐？上千万处于中年危机（或青年危机、老年危机）中的人都在想这个问题。

叔本华的答案是什么呢？好吧，如果欲望是问题所在，答案就只能是放弃欲望。用他的话来说，痛苦的根源是强烈的意愿。

叔本华认为，如果一个人有了更宽广的视野，把人类看作一个整体，且把人类的苦难看作一个整体时，他就会对生命感到厌倦，否定本能。换句话说，叔本华的方案是禁欲、不追求金钱、禁食和适量的自我折磨。

他认为，只有全然否定人类意志，我们才能洞悉"在我们面前的只有虚无"这一真相。

很绝望，对吧？

是的。尽管叔本华没有建议自杀，却建议了一种不死的自杀方式——摒弃一切愉悦。

然而，叔本华是个大大的伪君子。他只说不做，言行不一。正如伯特兰·罗素（Bertrand Russell）在《西方哲学史》(*History of Western Philosophy*)里所说：

他素常在上等菜馆里吃得很好；他有过多次色情而不热情的琐屑的恋爱事件；他格外爱争吵，而且异常贪婪。有一回一个上了年纪的女裁缝在他的房间门外边对朋友讲话，惹得他动火，把她扔下楼去，给她造成终身伤残……除对动物的仁慈外，在他一生中很难找到任何美德的痕迹……在其他各方面,他完全是自私的。①

终极悲观主义者叔本华,实际上用亲身经历阐明了不快乐是怎样产生的,他无法达成自己设立的那个"反目标"的目标。

如今,我仍不赞同他把老裁缝推下楼梯,但我有点理解叔本华了。我认为他看到了症结所在——意志,或者说是由自我意识、目标导向驱动或者其他什么你想使用的历史术语引发的欲望。但在现实生活中,他在黑暗中扭打(真的是扭打,考虑到他混乱的爱情生活)。

那么出路何在?你要如何停止无止境的欲望和担忧?你要如何摆脱日复一日的单调?你要如何让时间停步?你要如何阻止自己担忧未来直到精疲力竭?

最好的答案似乎总是与接纳有关,这个答案已经被书写、流传了几千年。叔本华本人就深受古代东方哲学影响。他说,"印度哲人早已揭示了真理。"的确,他的观点——生命的出路在于戒绝人世间的享受——也与许多佛教哲人的观点相近。

但佛教思想并不像叔本华那样负面、悲惨。叔本华的禁欲主义是自我惩罚、自我憎恨的,这不健康,会起到反

---

① [英]罗素,[英]李约瑟.西方哲学史[M].何兆武,马元德等.北京:商务印书馆,2008.

作用。

由自我憎恨的人组成的世界，不是一个快乐的世界。

佛教似乎与自我惩罚无关。

莲花是佛教的一个重要标志。莲花出淤泥而不染，在干净空气中纯洁而美丽地盛开，直至凋谢。在佛教中隐喻着灵性开悟的莲花，也可以看作对希望和改变的隐喻，淤泥是抑郁症或焦虑症，盛开在干净空气中的花朵就是摆脱了绝望束缚的我们。

的确，佛教中一部重要典籍《法句经》（释迦牟尼佛的教诲记录），读起来就像一本早期的自助书。

"人只能自己努力，解脱生死轮回，而无法依赖别人。"在佛教里，超度、救赎不是外在的。要想快乐和平静，我们须保持警觉、自觉、正念。"贪欲占据不知修心的人，一如雨水滴进屋顶损坏的房子。"

当今这个世界的诱惑，要比两千多年前的印度多得多，铺好精神茅屋的屋顶对我们来说更加困难了。

如今，我们的头脑其实不是那么像茅屋了，倒是变得有点像电脑。没错，从理论上说，我只要打开电脑，新建一个Word文档，就能开始写作了。但实际上，我很可能会逛一逛脸书、推特、Instagram、《卫报》网站。如果我突发神经质，我还可能在网上搜索自己，查看Goodreads和亚马逊关于我的新书评，在谷歌里敲进一串真的或妄想出来的病痛，好知道自己目前患了哪种不治之症。

即使是佛陀本人，在今天也会挣扎的。还好喜马拉雅山脚下没有无线网络，不然坐在一棵树下冥想49天会很难的。

我深知一个道理，那就是，更多不代表更好。我不是佛教徒。我觉得一切严格、确定的准则都很可怕，因为生命就是因不明确而美丽啊。但我喜欢佛教的理念——保持自我警觉，与普世连接，不要过在希望与恐惧之间徘徊的跷跷板人生。

对我来说，幸福快乐无关乎摒弃物质享受，而在于欣赏其本来面目。买一部苹果手机并不能拯救我们的苦难。这不意味着我们不应该买它，只是让我们知道物质本身不是目的。

还有慈悲。

这是另一个让我喜欢佛教的原因。

仁慈比自私更让我们幸福快乐。仁慈是自我的粉碎机，用叔本华的话来说，就是意志的粉碎机。仁慈把我们从欲望、渴求之苦中解放了出来。

当我们因高强度的自我意识而痛苦时，保持无私和正念似乎是个有效的解决办法。

做一个好人会让你感觉很好，因为它让我们知道世界上不是只有自己重要。我们每个人都很重要，因为我们都有生命。透过仁慈，我们能看到、感觉到人生更宏大的图景。归根究底，我们都一样，都是生命，都是意识。感觉到我们是人类的一分子，而不是孤立的个体，也能让我们变得好过。正如一个细胞的枯萎不会影响整个生命机体的运转，我们的身体有一天也会枯萎老化，但作为整个生命共同体的一部分，我们会生生不息。

自助

如何停止时间：亲吻。

如何时间旅行：阅读。

如何逃脱时间：音乐。

如何感受时间：写作。

如何释放时间：呼吸。

时间随想

时间困扰着我们。

因为时间,我们变老;因为时间,我们死去。这些事令人神伤。亚里士多德说:"时间碾碎万物。"我们害怕自身被碾碎,也害怕他人被碾碎。

因为时间短暂,我们急于行动。像耐克的广告词:"只管去做"。但"做"真的是答案吗?还是"做"实际上加速了时间?"只管去存在"不是更好吗?虽然这样一来,运动鞋的销量就没有那么好了。

时间的确在以不同的速度流逝着。我说过,1999年和2000年我病重的那几个月,感觉上有几年那么长,甚至几十年。痛苦拉长了时间。那是因为痛苦让我们对时间的觉知更强烈了。

对其他事物的觉知,也能拉长时间。冥想就是这个原理。用库尔特·冯内古特的话来说——在"琥珀"状的此刻里,觉知自己。这听起来简单,然而我们有多少时间是真正活在当下的?却又有多少时间浪费在为未来兴奋或担忧,为过去后悔或悼念上?我们是如何应对时间恐慌的呢?趁时间还来得及,努力赚钱,提高地位,结婚,生孩子,晋升,赚更多钱,奋斗到永远。准确地说,不是永远。如果是永远,我们就无须讨论了。然而,我们似乎明白,把生命变成一场追逐物质的赛跑,只会让它变短。变短的不是时间,而是你对时间的感觉。设想一下,如果我们一生的时间都像红酒一样封存在瓶子里,那我们如何让这瓶酒存在的时间延长?慢慢地小口品尝,还是大口吞咽?

福门特拉岛

伊比萨南部有个小岛——福门特拉岛，是巴利阿里群岛的第四大岛。我和安德莉亚过去常常会在放假时去那里。它有洁白绵软的沙滩和清澈碧蓝的海水，这里的海水是整个地中海地区最干净的，因为海底有受联合国教科文组织保护的海藻。伊比萨是狂乱的阳，它是静谧的阴。岛上只有两千多人口，自由地散布着，有艺术家、嬉皮士、瑜伽教练（如果你看地图，会发现小岛的形状是个倒立的 V，就像是一直在做瑜伽的下犬式）。小岛保持着 20 世纪 60 年代的氛围。鲍勃·迪伦（Bob Dylan）在小岛最南端的巴巴里阿船长灯塔里住过一段日子。琼尼·米歇尔（Joni Mitchell）的专辑《蓝》(*Blue*)也是在岛上创作的。

我曾对巴利阿里群岛怀有恐惧，甚至想也不能想，因为我是在伊比萨精神崩溃的。然而现在，如果让我说出一个平静的地方，我会想起它，想起那大片的杜松树、杏树，想起那片海，那么明艳、碧蓝、清澈。

我想起岛上小村庄、港口、海滩的名字，艾斯普约尔，埃皮勒德勒摩拉，拉萨维纳，巴巴里阿船长，普拉亚依利兹。还有最能勾起回忆的、福门特拉岛的名字。

当我感觉紧张情绪在升温的时候，我会闭上双眼，想着这个名字。这四个字像温柔、纯洁的海水亲吻着细沙。福门特拉，福门特拉，福门特拉……

屏幕上的幻影

过去我常常用转移注意力的方法来排解忧虑。去酒吧喝得烂醉，去伊比萨度过夏天，吃最辣的食物，看最自以为是的电影，读最尖锐的小说，听最吵闹的音乐，通宵熬夜。我害怕安静，害怕不得不慢下来、调低音量，害怕只能听见自己头脑的声音。

但自从患病后，这些都突然变为了禁区。有一次我打开广播，听见节奏很猛的浩室音乐，竟然惊恐发作了。吃一顿咖喱番茄烩肉，当天晚上我就会躺在床上被幻觉和心悸折磨。有人用酒精和毒品进行"自我治疗"，我也想麻木我的感官，如果可卡因能让我听不到头脑里的暴风呼啸，我想我会吃的。但事实是，从24岁到32岁，我连一杯葡萄酒都没喝过。不是因为我很有自制力（我滴酒不沾的未来岳母总这样认为），而是因为我害怕任何可能改变我头脑的东西。其中的5年，我甚至拒绝吃哪怕一片布洛芬。我之所以会有这种恐惧，不是因为我第一次发病那天是喝醉酒的，那天我一口酒都没沾,处于(相对)健康的状态,而是因为我感觉我受损的头脑处于摇摇欲坠的平衡状态,就像电影《偷天换日》(*The Italian Job*)中那辆卡在悬崖边的车一样。黄金(对我来说是酒精)或许看上去很诱惑,但是在这种情况下碰它们,就可能让自己陷入万劫不复的境地。①

所以,这就是问题所在。当我真的需要借酒消愁的时候,我做不到。即使闻一闻安德莉亚杯中的红酒,我都害怕,我怕那些红酒分子会被吸入我的头脑,令它向着离我更远的方向滑去。

但这也是个好事情。这意味着我不得不关注我的头脑。就像一部早年的恐怖片里演的,我拉开了窗帘,看见了怪兽。

多年之后,我接触到了正念禅修和冥想方面的书籍,意识到幸福快乐的关键——或者是人们更渴望的平静的关键——不在于一直拥有快乐的想法。不,那是不可能的。地球上没有一个智慧的头脑会一辈子只有快乐的想法。关键在于接纳你的想法,一切想法,即使是不好的、糟糕的想法。接纳想法,但不要成为想法本身。

比如,你要明白,头脑中出现了一个悲伤的念头,甚至是接连不断的悲伤念头,不等同于你就是一个悲伤的人。你

---

① 该影片中有这样一个场景,盗贼们成功偷出黄金,在逃跑途中车卡在了悬崖边。盗贼在车头,黄金在车尾,保持着尴尬的平衡。如果盗贼到车尾去取黄金,破坏了这种平衡,他们就很可能会连人带车坠落崖底。

可以穿越暴风雨,感受狂风肆虐,但你知道你不是狂风。

这就是我们对头脑应有的态度。我们必须允许自己感受它的暴风骤雨,但自始至终明白这都是正常的天气变化。

现在,当我陷入低落的时候,我会试着想,我还有另一个更伟大、更坚强的部分没有下沉,它毫不动摇地伫立着。我想,它就是那个被称为灵魂的部分。

或许灵魂这个词有太多隐含意义,我们不一定要叫它灵魂,可以叫它自我。设想一下,当我们累了、饿了或宿醉未醒时,我们很可能会心情不佳,但这个坏心情并不是我们的自我。要相信那一刻的感觉是错误的,因为那些感觉会在吃饭或睡眠过后消失。

当我处于最低谷时,我发现我的内核中有着某种结实、坚硬、强大的东西,某种坚不可摧、不受思想的不确定性影响的东西。这种东西不仅仅属于我,也是我们大家所共有的。它连接着我和你,人与人。它是一种顽强的、牢不可破的力量,一种生存力、生命力。它属于先于我出生的150000代人,也属于还未出生的未来人。它是人类的本质。如果钻得够深,你就会发现,美国纽约和尼日利亚拉各斯脚下的是同一片土地。同理,这光怪陆离的星球上,每一个人类居民都共享同一个内核。

我是你,你是我。我们是孤独的,但又不孤独。我们被困在时间里,但又是无限的。我们是凡人肉身,也是日月星辰。

渺小

  一个月前,我回纽瓦克看望父母。他们不住在以前的房子了,不过两个房子所在的街道是平行的。步行回去只要五分钟的时间。

  街角的商店还在。我一个人走去那里,买了一份报纸。如今我已可以闲适地等待店员给我找零。路两旁的房屋还是旧日的橙色砖房。没什么大的改变。你的头脑里经历了天翻地覆的变迁,而世界照旧继续,一无所知。没有什么比这更能让你感觉到自己的渺小和微不足道了。然而,也没有什么比这更令你自由了。接纳你在这个世界里的渺小。

如何生活
我觉得有用但不总是遵循的40条建议

1. 快乐出现的时候，享受快乐。

2. 小口慢饮，别狼吞虎咽。

3. 对自己温柔些。少工作，多休息。

4. 过去的一切你都无法改变。这是基本的物理原理。

5. 小心星期二和十月。

6. 库尔特·冯内古特是正确的："阅读和写作是迄今为止人类发现的最有营养的冥想形式。"

7. 多倾听，少说话。

8. 无所事事的时候不要有罪恶感。也许工作比无所事事对世界的危害更大。但可以完善你的无所事事，让它是觉知的。

9. 觉察到你正在呼吸。

10. 不论在任何地点，任何时刻，都要试着去发现美。一张面孔、一句诗词、窗外的云、涂鸦画、风力田。美可以净化思想。

11. 恨是一种毫无意义的情绪。就像为了惩罚一只蜇你的蝎子而吃掉它一样。

12. 出去跑步，再做点瑜伽。

13. 中午之前冲个澡。

14. 遥望天空。提醒自己宇宙是多么浩瀚。抓住每一个感受辽阔悠远的机会，这会让你看见自己的渺小。

15. 善良。

16. 要认识到想法只是想法。如果感觉想法不合理，就跟它理论，即使你已找不出道理。你是你头脑的观察者，而非受害者。

17. 不要漫无目的地看电视。不要漫无目的地上社交网站。要清醒地意识到你正在做什么，为什么而做。别不重视电视，你要更重视它，这样你才会少看。无节制的娱乐将使你注意力分散。

18. 坐下，躺下，不动，什么都不做。观察，倾听你头脑的声音。不去评判头脑里发生的事情，随它吧，就像《冰雪奇缘》里的白雪女王一样。

19. 不要杞人忧天。

20. 看树，靠近树，种树。（因为树很棒。）

21. 听YouTube上面那个瑜伽教练的话，"走路，好像你在用脚亲吻地球一样。"

22．生活，爱，放手。

23．酒的数学是乘方运算。你喝得越多，就越想多喝。如果你很难止于一杯，那么更不可能止于三杯。加法就是乘法。

24．当心那个缝隙。你现在身处的地方和你想去的地方之间的缝隙。只是想一下它，那个缝隙就会扩大，你就有可能掉到里面去。

25．阅读一本书，别去想着要读完它。只是读。享受每个字、句子、段落。别期待它结束，或永不结束。

26．在最深层次，宇宙中没有哪种药比善待他人令你感觉更好。

27．听听哈姆雷特——文学作品中最著名的抑郁症患者——对罗森克兰茨和吉尔登斯特恩说的话："世上之事物本无善恶之分，思想使然。"

28．允许他人爱你。相信这份爱。为他们活下去，即使你觉得毫无意义。

29．你不需要这个世界理解你。没关系的。有的人永远不会真的理解他们没经历过的事情，但有些人会理解，要对理解你的人心怀感激。

30．儒勒·凡尔纳写过"无限的生命[①]"。它是像海一样

[①] 在儒勒·凡尔纳的名作《海底两万里》中，主要人物尼摩船长说过："大海就是无限的生命。"

浩瀚的爱与情感世界。如果我们沉浸其中，将找到无限，找到活下来所需的空间。

31. 凌晨三点不是试图理清人生的时间。

32. 记住：你一点儿也不怪异。你是人，你的一切行为、感觉都是符合自然的，因为你是自然界的动物。你就是大自然。你是类人猿。你生活在这个世界，这个世界活在你心中。一切都是联结在一起的。

33. 不要相信什么好坏，输赢，胜负，高潮低谷。在你的最低处和最高处，无论你是快乐还是绝望，平静还是愤怒，都有一个最核心的"你"是始终不变的。这个"你"才是最重要的。

34. 别担心因绝望而失去的时间。熬过绝望之后，时间的价值将会翻倍。

35. 对自己透明。给你的头脑建一座玻璃房。观察。

36. 读艾米莉·狄金森，读格雷厄姆·格林，读伊塔洛·卡尔维诺，读玛雅·安吉洛[1]。读一切你想读的，读就好了。书是可能性，是逃跑路线。当你没有选择时，它们给你机会。对流离失所的头脑来说，每一本书都是一座家园。

37. 阳光灿烂的日子，能在户外就在户外。

38. 记住：地球生活的关键是改变。汽车会生锈，书页

---

[1] 玛雅·安吉洛（Maya Angelou，1928—2014），美国作家、诗人、剧作家，代表作有《我知道笼中鸟为何歌唱》等。

会发黄，技术会过时，毛毛虫会变蝴蝶，黑夜会变白昼，抑郁也会消散。

39．当你感觉忙得没时间休息，就是你最需要找时间休息的时候。

40．勇敢，坚强，呼吸，活下去。你会感谢今天的自己。

那些让我感到享受的事物

（在我以为再也无法享受时）

日出，日落，那在漆黑天际闪耀的千万颗恒星和它们所照耀的世界。书。冰镇啤酒。新鲜空气。狗。马。发黄的平装书。凌晨一点的肌肤相亲。绵长、深情、意味深长的吻。短促、浅淡、礼貌的吻。（所有的吻。）冰凉的游泳池。海洋。河流。湖泊。峡湾。池塘。雨水坑。熊熊燃烧的火焰。酒吧里的饭菜。坐在户外吃橄榄。电影院灯光暗下来时，腿上放着一桶温热的爆米花。音乐。爱。不加掩饰的情感。岩池。游泳池。花生酱三明治。意大利温暖黄昏的松柏味道。长跑后喝水。以为自己得了病，最后发现是虚惊一场。接到在等的电话。《圣诞精灵》里的威尔·法瑞尔[①]。和最了解我的人聊天。瑜伽鸽子式。野餐。划船。看儿子出生。把刚出生的女儿从水里抱起。朗读《老虎来喝下午茶》（*The Tiger Who Came*

---

① 《圣诞精灵》（*Elf*）是一部圣诞题材的美国喜剧电影，威尔·法瑞尔（Will Ferrell）在影片中饰演从小被圣诞老人带回北极收养，长大后又回纽约寻亲的主人公巴迪，是一个令人忍俊不禁的喜剧人物。

to Tea），扮老虎的声音。和父母聊政治。电影《罗马假日》（Roman Holiday）和一次真正的罗马假日。传声头像乐队。第一次在网上分享抑郁症经历，反响不错。坎耶·维斯特①的首张专辑（我知道，我知道）。乡村音乐（乡村音乐！）。沙滩男孩乐队。在Youtube上看老牌骚灵歌手的演唱。清单。阳光充足的日子坐在公园长椅上。见我喜爱的作家。异国的马路。朗姆鸡尾酒。手舞足蹈（他们要出版我的书啦，他们要出版我的书啦，上帝啊，他们要出版我的书啦）。看每一部希区柯克的电影。夜晚开车，车窗外的城市灯火闪烁，好似落入凡间的星系。大笑。是的，笑得太厉害，笑到弯了腰，因为太开心太释放，肚子都开始疼了，然后坐起身，呻吟着，深吸气，看着坐在身旁的人，把最后的笑意擦干。读杰夫·戴尔②的新书。读格雷厄姆·格林的旧书。跑下山。圣诞树。粉刷新房子的墙。白葡萄酒。凌晨3点跳舞。香草奶糖。芥末豌豆。我家孩子讲的冷笑话。看河里的鹅妈妈和鹅宝宝。活到35岁、36岁、37岁、38岁、39岁，从未想过我能活到这么老。和朋友们交谈。和陌生人交谈。和你交谈。写这本书。

谢谢。

---

① 坎耶·维斯特（Kanye West，1977— ），美国说唱歌手、音乐制作人。
② 杰夫·戴尔（Geoff Dyer，1958— ），英国当代最优秀作家之一，他的写作风格极其独特，涉及音乐、摄影、电影等多个领域，并将小说、游记、传记、评论、回忆录等体裁融为一体。

延伸阅读

《坏药商：如何修复破碎的制药业》(Bad Pharma: How medicine is broken, and how we can fix it)，本·戈德契

一本深入制药业及其既得利益集团，让人大开眼界的书。

《揭开黑暗：疯癫回忆录》(Darkness Visible: A Memoir of Madness)，威廉·斯泰伦

一本1989年的经典回忆录，书名借鉴了《失乐园》，精彩记录了作者服用三唑仑安眠药的经历，提醒人们用错药物的危险。

《深渊：抑郁症疫情的进化起源》(The Depths: The Evolutionary Origins of the Depression Epidemic)，乔纳森·罗滕伯格

我见过最好的从进化角度看抑郁症的书。

《疯癫与文明》（*Madness and Civilzation*），米歇尔·福柯

一本争议、离经叛道之作，作者对社会的兴趣大于对头脑的兴趣，但依然是一本发人深省的书。

《停不下来的人：强迫症和迷失在头脑里的故事》（*The Man Who Couldn't Stop: OCD and the true story of a life lost in thought*），大卫·亚当博士

对强迫症的高度个人化的研究，很精彩，充满对头脑的深刻见解。

《和焦虑交朋友：纾解忧虑和恐慌的暖心小书》（*Making Friends with Anxiety: A warm, supportive little book to ease worry and panic*），莎拉·雷纳（Sarah Rayner）

简单、易懂的建议，教你如何接纳你的焦虑。

《正念禅修：在喧嚣的世界中获取安宁》（*Mind-fulness: A practical guide to finding peace in a frantic world*），马克·威廉姆斯教授（Professor Mark Williams），丹尼·彭曼博士（Dr Danny Penman）

对正念持怀疑态度的人大有人在，但作为一种给忙碌生命加注逗号的方式，我认为正念非常有用。这是一本很实用的书。

《正午魔鬼：剖析抑郁症》(*The Noonday Demon: An anatomy of depression*)，安德鲁·所罗门（Andrew Solomon）

描述了所罗门自身的抑郁症经历，令人惊叹（偶尔令人害怕）。对于诊断和治疗尤其有用。

《心智健全的新世界：驯服头脑》(*Sane New World: Taming the Mind*)，鲁比·瓦克斯

一本思路清晰、有教育意义的书，强调正念禅修，有着鲁比·瓦克斯一向的妙趣横生。

《为什么斑马不得溃疡：压力、压力相关疾病及应对措施经典指南》(*Why Zebras Don't Get Ulcers: The Acclaimed Guide to Stress, Stress-Related Diseases, and Coping*)，罗伯特·M.萨波斯基博士（Dr Robert M. Sapolsky）

关于压力、压力如何累积、身体，有独特见解。

后记和致谢

威利·纳尔逊[①]曾说过,有时候你要么写一首歌,要么一脚踹破玻璃窗。我猜,第三种情况是,你写一本书。

我想写这本书很久了。但我一直有顾虑,因为显然内容太私人了,而且我担心写作过程会让我再次体验那些痛苦的过往。所以很长一段时间,我只在小说里间接地写它。

两年前,我写了一本书《人类》(*The Humans*)。这本小说跟我的其他作品相比,更多地影射了我的精神崩溃经历。故事体裁是传统意义上的科幻小说,一个外星人以人形来到地球,慢慢改变着他对人类的观念。但我真正在写的是抑郁症的疏离感,如何克服它,如何重新爱上人间。

那本书结尾的注释里,我第一个公开地谈论了我自己的惊恐障碍和抑郁症经历。我有限的开诚布公却收获了温暖的

[①] 威利·纳尔逊(Willie Nelson,1933—),美国歌手、吉他演奏家,美国乡村摇滚运动带头人。

回应，我这才意识到一直以来自己的担心是多余的。坦诚没有让我感觉自己是个怪胎，反而让我明白原来有那么多人有过相似的经历。

正如没有人是百分之百身体健康的，也没有人是百分之百心理健康的。我们的区别只是程度不同。

后来，我有了信心，在网上分享了更多的经历。但我仍然不确定要写这样一本书。第一个鼓励我写的人是凯西·兰森布林克。凯西是一位最有活力的、才华横溢的爱书人士，没有她这本书不会降生。我们在某 Its 分店吃芥末味的爆米花时，她对我说我应该写一本抑郁症的书。凯西，希望你喜欢这本书。

没有了编辑，这本书不会成为现在的样子。（书籍优于生命的主要优势，就是它能被一次次地改写，而生命只能书写一次。）虽然在致谢部分感谢编辑是一项义务，但即使不是义务，我的道德和理性也要求我提到重要角色弗朗西斯·比克莫尔。

为了帮助我更好地完成这本书，他提出了无数的建议。更重要的是，我十分感激有这样一位编辑接受这本书的跨体裁性质，他没有问我："这是本回忆录、励志书还是概述？"他允许这本书成为各种体裁的集合体。

对我来说，Canongate 是最完美的出版商。我可以做一些不同的尝试，如果他们喜欢，他们就会支持我去做。我很荣幸能跟他们合作。Canongate 是我事业的转折点,我十分感激传奇般的杰米·拜恩,还有每一位工作人员(珍妮·陶德、安德烈·乔伊斯、凯蒂·莫法特、贾兹·雷斯-坎贝尔、安娜·弗雷姆、维姬·拉瑟福德、希恩·吉布森、乔·丁格利),感谢你们给我尝试的机会并一如既往地支持我。

好了,继续肉麻。感谢我的经纪人克莱尔·康威尔,她真的很懂我这本书,在我对这本书紧张、迟疑的时候,是她给了我信心。她是一位令人敬畏的战友,是推动《活下去的理由》循着正确方向发展的重要人物。

感谢多年来以各种形式帮助、支持我写作的每一个人。坦尼娅·塞哈切恩、珍妮特·温特森、斯蒂芬·弗雷、S. J. 沃森、乔安·哈瑞斯、茱莉亚·金斯福德、娜塔莉·多尔蒂、安妮·伊顿、阿曼达·克雷格、卡拉道克·金、阿曼达·罗斯等等很多人。还要感谢我有幸会面的各位书商,感谢你们额外的付出。

在这里我要特别提到唐卡斯特水石书店的蕾拉·斯科尔顿,为了纪念《人类》的发行,她制作了罐装的花生酱和特别徽章。还要感谢每一位脸书和推特上的朋友们,感谢你们帮忙宣传我的书,尤其是参与了 # 活下去的理由 # 章节写作的推特朋友们。

谢谢我开明、慈爱的家人,谢谢你们帮我渡过难关,支持我写作这本书。无限的感恩和爱给妈妈、爸爸、菲比、弗莉达、艾伯特、大卫和凯瑟琳。谢谢你们做我的保护网,我爱你们。

谢谢卢卡斯和珀尔,每天给我一千个活下去的理由。

当然还有安德莉亚,谢谢你的一切。

授权许可名单

我们已尽力追踪版权持有人并获得他们允许使用版权材料的许可。如有任何错误或遗漏,出版商对其表示歉意;如有任何更正告知,出版商不胜感激,并会在这本书重印或再版时进行更正。

村上春树的《海边的卡夫卡》和《当我谈跑步时我谈些什么》的选段,已征得兰登书屋集团有限公司和柯提斯布朗文学与人才经纪公司许可转载。

安妮·塞克斯顿引语征得斯特林勋爵文学有限公司许可转载,安妮·塞克斯顿拥有版权。

《别担心技巧》——发表于1991年,由艾瑞克·巴瑞尔和威廉·格里芬作词作曲——已征得百代布莱克伍德音乐有限公司许可转载。

大卫·伯恩《一生一次》的歌词选段,已征得索尼音乐公司许可。

《第三类接触》——1977年初映,哥伦比亚影业公司拥有版权——的台词选段,已征得哥伦比亚影业公司许可。

图书在版编目（CIP）数据

活下去的理由 /（英）马特·海格著；赵燕飞译.
北京：北京联合出版公司，2025.6（2025.11 重印）. -- ISBN 978-7
-5596-8175-1

Ⅰ．I561.55

中国国家版本馆 CIP 数据核字第 20242YM705 号

REASONS TO STAY ALIVE © Matt Haig, 2015
Copyright licensed by Canongate Books Ltd.
Arranged with Andrew Nurnberg Associates International Limited.
本书中文简体版权归属于银杏树下（北京）图书有限责任公司
北京市版权局著作权合同登记图字：01-2024-6406

活下去的理由

著　　者：[英] 马特·海格
译　　者：赵燕飞
出 品 人：赵红仕
选题策划：后浪出版公司
出版统筹：吴兴元
责任编辑：龚　将
特约编辑：王　顿　曹　可
营销推广：ONEBOOK
装帧制造：墨白空间
封面设计：早　睡

北京联合出版公司出版
（北京市西城区德外大街 83 号楼 9 层　100088）
河北中科印刷科技发展有限公司印刷　新华书店经销
字数 120 千字　889 毫米 ×1194 毫米　1/32　7.5 印张
2025 年 6 月第 1 版　2025 年 11 月第 3 次印刷
ISBN 978-7-5596-8175-1
定价：49.80 元

后浪出版咨询（北京）有限责任公司　版权所有，侵权必究
投诉信箱：editor@hinabook.com　　fawu@hinabook.com
未经书面许可，不得以任何方式转载、复制、翻印本书部分或全部内容
本书若有印、装质量问题，请与本公司联系调换，电话 010-64072833